講談社文庫

花の下にて春死なむ

香菜里屋シリーズ1〈新装版〉

北森 鴻

JN053978

講談社

目次

花の下にて春死なむ

花の下にて春死なむ

1

淡い空の青に、ぬっと突き出した煙突の先から白い煙が細く溶けてゆくのが見えた。今日、この斎場を利用しているのは七緒《ななお》のグループ以外にはないはずであるから、煙は片岡草魚《かたおかそうぎょ》が姿を変えたものにちがいない。そういえば、わずかな春の風にも簡単にたなびく煙の様子が、

――いかにもあの人らしい……。

グループの集まりが終ると、卑屈なほどに腰を低くして、何度もメンバーにさようならを告げた、初老の片岡草魚を思わせた。

先ほどから飯島《いいじま》七緒は、片岡草魚に送るべき言葉を探している。

――こんなにも別れを急ぐから。

その思いは夢の中で感じる喉《のど》の渇きに似ていて、いくら言葉を探し、つぶやいてみても癒《いや》されることがない。そのうちにも煙は確実に薄くなってゆく。「ずいぶん痩《や》せた仏様のようですから」と、斎場の係員が告げた予定時間が、もうすぐそこに来ていた。

目を凝《こ》らして煙の行方を追うと、額に春の陽の温《ぬく》もりが感じられた。恐ろしく希薄な温もり。かつて一度だけ、七緒の額にあてられたことのある片岡草魚の手の平も、果たしてこのように温かかっただろうか。思い出そうとしてもかなわぬほど、記憶は遠い所にある。

——草魚さん、本当はあなたは誰だったのですか。誰にも知られぬまま、煙になってそれでいいのですか？

最後の煙がつっと消え、建物のマイクが、七緒たちのグループの代表者名を告げた。その案内に導かれるまま、小さな白い部屋に入ると、白い灰の塊《かたまり》となって片岡草魚が皆を迎えた。

鉄製の長い台に、それがかつて人の形をしていたことが信じられない乱雑さで、ばらまかれた骨の寄せ集め。台の端には、木の箱に収められた陶器の壺《つぼ》が、蓋《ふた》を取った状態でポッカリと口を開《あ》けている。長い木の箸《はし》を手渡され、めいめいが片岡草魚であった「塊」の一つを拾って、壺へと導こうとする。ところが塊は、箸が触れるか触れぬかのところでもろく崩れて、作業がなかなかうまく運ばない。二人がかりの箸で下から支えるようにしてはじめて「彼」を眠りにつかせる儀式は進行していった。

「草魚さん、いかにも栄養の状態が良くなさそうだったから」

誰かがポツリと言うのを右の耳で聞きながら、飯島七緒はなおも灰の塊を壺へと移す作業を続けた。

箸の先にカチンと当たるものがあった。拾いあげると、長さ一センチほどの小さなビスだった。

「ははァ、草魚さん、かなり昔に骨をつなぐ手術を受けたんだね」

そう言ったのは、グループの幹事を務める長峰《ながみね》である。長峰は、さらに灰の中を探って人さし指大の金属のプレートを引っ張り出して見せた。

「骨折の連結に使われる金具とビスだよ。確かこの形は大腿骨《だいたいこつ》のあたりに使われるのではなかったかな」

専門こそちがっても、本業が医師である長峰は手際《てぎわ》よく、灰の中の異物を分別して台の外に置いた。

「今は拒絶反応を軽減させるためにセラミックが使われることが多い。そう、この材質から言うと、三、四十年前のものじゃないか」

周囲の視線が長峰に向かっているすきに、七緒はビスとプレートをハンカチで包んでポケットにしまいこんだ。どうしてそんなことをしなければならないのか、自分にもよくわからない。ビスを見ているうちに、この無機質な部品になにか特別な仕事が与えられているような、そして自分が重大なパートナーに選ばれたような、漠然《ばくぜん》とした思いが湧いてきた。

すべての儀式が終了して、これから野辺送りの句会を開こうという誘いも、七緒は断った。ビスとプレートと自分に与えられた仕事について、

――ゆっくりと考えなければ。

と思った。

自由律句の結社『紫雲律《しうんりつ》』の同人である片岡草魚こと、片岡正《ただし》はその名をごく一部の同好者に知られただけで、この世を去った。彼の死を発見したのは、片岡が住んでいた埼玉県新座《にいざ》市にある小さな木造アパートの管理人である。四月四日のことだった。月末払いの家賃が遅れているのを不審に思い、部屋を覗《のぞ》いた管理人が、布団にくるまったまま冷たくなっている片岡草魚を発見した。警察への通報、変死者としての

司法解剖の結果は、極めて事件性の乏しいものだった。死亡推定時刻は四月二日の未明。死因は熱性疾患による衰弱死と診断書には書かれていた。三月の後半から四月の初頭にかけて、関東地方は断続的に寒波に見舞われている。遺体の肺の組織には、かなり広い範囲で炎症の痕跡が見られたそうだ。暖房設備ひとつない部屋で布団にくるまる以外になかった片岡は、熱病にうなされながら眠るように死んだにちがいない。

死因はそれだけではなかった。解剖にあたった医師が「これではどこも腐りようがない」と舌を巻いたほどに、その内臓には食物の残滓《ざんし》がなかった。推定で約五日、片岡草魚は食物を口にしていなかった。病《やまい》と劣悪な環境が、ひとりの老俳人に静かな死を投げて寄こしたのだ。

特に犯罪の匂いのない状況のもと、彼の遺体はすぐにでも血縁者の所に帰るかと思われた。

問題はそこで起こった。片岡草魚の身元、血縁を示すものが、何ひとつ発見されなかったのだ。新座市の住民票には彼の記録はいっさいなかった。不動産屋の記録によれば、片岡の入居は五年前。本来移されるべき住民票が空白のまま、片岡草魚は五年間も幻の住人であったことになる。

「もしこれが病死ではなく事故死であったら、遺族はすぐに出てくるものなのですよ。補償の問題がありますからね」

部屋から見つかった『紫雲律』の発行誌をつてに、長峰の所にやって来た警察官が言ったそうだ。だが、グループの仲間をあたってみても、誰も片岡草魚の本籍地を知る者はいなかった。彼が生活の糧《かて》を得るためにやっていた専門書の校正、その出版社にも手掛りは皆無だった。残された履歴書の本籍地欄にあった『広島県尾道《おのみち》市×××七―十四―六』という住所に、該当する人物はいなかったからだ。こうなると「片岡正」という名前さえ、本名かどうか確認することは難しい。警察官は「犯罪歴もナシ、事件性もナシ。これでは調べようがありませんな」と苦笑しながら帰ったそうだ。言葉の最後に「珍しくはないんですよ。肉体を持った幽霊なんてのは」そう付け加えたと、後で長峰が皆に話した。

このままでは片岡は無縁仏として葬られることになる。特に犯罪に関係がないようであれば、結社の手で葬儀をあげたいのだが、という長峰の申し出は、すぐに警察に認められた。面倒な事務手続き、必要書類について地元の新座署は極めて協力的に対応してくれた。

「彼らにとっても渡りに舟の申し出だったのだろう」

これもまた、後に長峰が言った言葉である。

飯島七緒は、同人の連絡によって片岡草魚の死を知った。その知らせに驚かなかったと言えば嘘になるが、冷静に事を見守る自分がいたこともまちがいない。あきらかに六十の峠をいくつか越していたであろう彼の年齢を考えれば、死はさほど遠くない所で足踏みをしていただろう。ある日突然に「そろそろいいかね」としたり顔でやって来たとしても、

――なんの不思議もない。

ことである。幼い時分に両親を失い、ごく限られた親族以外のつき合いを意図的に避け続けてきた七緒には、死は決して見知らぬ他人ではなかった。自分にとっても、第三者にとっても、である。

斎場から最寄りの駅へと向かう帰りの車中で、長峰がダッシュボードから黒い手帳を取り出した。

「これはあなたが持っているのが一番ふさわしいかもしれないね」

「……？」

やや強引に、長峰は手帳を押しつけて、そして抑え気味に、

「草魚さんの枕元にあった句帳だよ」

と言った。

新玉川線の三軒茶屋《さんげんぢゃや》駅を出て来た頃にはすでに陽は落ちきっており、昼間の温かさが嘘のような空気の中で、七緒はひとつ身震いをした。いったんはマンションに向かったがすぐに方向を変え、駅前の商店街のアーケードをくぐって、通りを一本外した細い路地に入った。道の二百メートルほど先は袋小路になっている。街灯の間隔がずっと長くなり、足元のそこここに思いがけなく深い闇が座っている。

道が行き詰まる手前の左側に、白い等身大の光の柱が見えた。ずんぐりと太った人影のようにも見えるのは、縦長の提灯《ちょうちん》である。白い腹に気持ちの良い伸びのある文字で「香菜里屋《かなりや》」とある。

白い大きな提灯以外にはなんの飾り気もない、焼き杉造りの分厚いドアを開けると、カウンターの奥にいた男の笑顔が目に入った。

「申し訳ありませんが、少しお塩を」

七緒の言葉に、一瞬おやっという表情を見せた男は、すぐにうなずいて小皿に塩を盛ってやってきた。

店には十人ほどの客が座れるL字型カウンターと、二人用の小卓が二脚。それらすべてが深い色調の茶で統一されて、店内四ヵ所の間接照明の光の中に浮かび上がっている。

スツールのひとつに腰を下ろすと、我知らずほっと息がこぼれた。

「お疲れでしょう。お飲み物、どうしますか？」

男は熱く蒸したおしぼりを渡しながら聞いた。

「ビールを中ぐらいのグラスで」

「少し度数の強いものがいいでしょうね」

そう言いながら、細いチューリップのようなピルスナーグラスを取り出し、右奥の隅にあるビアサーバーの、金属の口に縁を斜めにあてる。男が「度数の強いものを」と言ったのは、アルコール度が標準より二度ほど高いビールを指している。この店には、度数を変えたビールが四種類おいてある。

「おまたせしました」

男がおいたグラスの縁で、黄金色の泡が乱舞している。しばらくは飲むのをやめて見つめていたいほどだ。

「確か、一年前でしたね。あの方がお店にお見えになったのは」

「えっ!?」

グラスに見とれていた七緒は、驚いて顔を上げた。

「間違えたならすみません。今日は片岡さんのご葬儀ではなかったのですか」

カウンターの中から、この店のマスターである工藤哲也《くどうてつや》が聞いた。ワインレッドのエプロンに精緻《せいち》なヨークシャーテリアの刺繍《ししゅう》がある。工藤自身はといえばちょうど、ヨークシャーテリアがなにかの間違いで人間になってしまったような風貌。落語の『元犬《もといぬ》』ではないが、

――ヘェ、今朝ほど人になりやした。

と真顔《まがお》でいいそうな、人なつこい表情をいつも浮かべている。

「驚いた……でもどうしてそれを？」

「ご存じありませんでしたか。片岡さんの事は、かなり大きく新聞に扱われたのですよ」

新聞で、と聞いて七緒は「ああ」とうなずいた。数日前、身元不明の俳人の死ということで、片岡草魚が文化欄に取り上げられたのだった。

――その記事の中に……。

片岡の同人仲間が葬儀を執《と》り行なうことも、載っていたはずである。

「結局、ご遺族はわからなかったのですか」

「片岡という名前も、本当のものかどうか、わからないみたいです」

「不思議ですね。そう聞いてもあの方であれば違和感が、ない」

「故郷を捨て、名前まで捨ててしまわなければならない理由って、なんでしょうか？」

「さァ、よほどの事情があるのでしょう。私などには想像もつかないような……。片岡さん、とても穏やかで良い表情をされていましたね。けれどその胸の奥にあった暗い光はもう、誰の元にも届かないのです」

──私もそう思う。きっと草魚さんは何も知られたくはなかったんだ、だから！

草魚の死の知らせを受け取って間もなく、今度は長峰から電話があった。「もし故郷と思われる所を知っているなら、教えて欲しいのだが」と言われ、喉にまで出かかった言葉を呑み込んだ七緒である。

「私、本当は草魚さんの故郷を知っているんです。でも、それを人に知られるのを、とても嫌がっているように見えたものですから」

工藤の柔らかい笑顔には、人の胸の中にある頑《かたく》なな言葉を、引き出す力があるのかもしれない。

「それを誰にも言われなかった？」

ビールに口をつけ、コクリとうなずいた。工藤はほんのひとときの何かを考える仕草を見せ、すぐに小さく首を振りながら、陶器の小鉢を七緒の手元に差し出した。

「今年最後の冬瓜《とうがん》を、挽肉《ひきにく》と煮て葛《くず》でとろみをひいてみました。コンソメ味ですから、きっとビールに合いますよ」

そう言いながら、カウンターの下で水を切ったグラスに、ふきんをあてはじめた。その手の動きを止めることなく、

「片岡さんの故郷は、山口県ですか」

声の端に確信がのぞいていた。反対に七緒は、あやうくグラスを取り落としそうになった。

「どうして！　それを……」

「言葉のイントネーションから、西の方だと見当をつけていました。それに、一年前、お二人でお見えになった時に出した小鉢を覚えておいでですか？」

七緒は、首を横に振る。

「サニーレタスとムール貝を、酢みそで和《あ》えたものをお出ししたんです。片岡さんずいぶんと懐かしそうに小鉢を眺めて、こう仰言《おつしや》いました。『チシャもみ、か』と。『チシャ』はサニーレタスに良く似た野菜だそうです。山口では道端に生えたチシャを摘《つ》

み取り、酢みそで和えて食べるそうです。古い家庭料理のひとつだと聞きましたが」
「そうだったんですか。料理の名前ひとつからでも、その人の足跡がわかってしまうなんて、すごいですね」
ちょうどその時、常連らしい客がやってきたのを機会に、飯島七緒は会計を済ませて店を出た。

夜。ベッドにもぐり込んでも七緒はなかなか寝つかれなかった。時間が過ぎるほどに目が冴《さ》え、枕元に広げた手帳の文字をいつまでも追い続けた。片岡草魚が、死ぬ直前まで書き残した句帳である。細いなりにしっかりと腰の据わった文字が、丁寧に敷き詰められている。句は、簡単な日記と共にあった。

　三月十五日　晴天。第一食調理パン一ケと牛乳。A公園まで出かけて、ベンチで食べる。花こそまだだが、春の気はそこここにある。

　　古木にも樹液満ちみちるみっしりと春
　　土深き所に眠りたるものに届くや陽の温かき

午後、校正紙を届け担当氏と第二食タンメン。自宅で酒二合。

三月十六日　晴。第一食白粥に梅干。朝から仕事。隣に建つマンションのエアコンか？　うなるが如き音、不快なり。午後七時より紫雲律例会。皆の歌、たいしたものなり。私のものは？　即ち石塊《いしくれ》の戯《ざ》れ言《ごと》か。

走りつつまろびつつ月が追いかける
終《つい》の住みかと心決めたる月下の野道
小石捨つる水面の苦き笑み皺

三月十七日　寒の戻りたるか吐く息が凍る朝なり。第一食インスタントスープ。すぐに仕事にかかる。表の音も慣れてしまえば気にならなくなるから不思議である。第二食弁当。鮭焼きのみ残しておき、それで夜に酒二合。

三月十八日　夜明け間近にまた例の夢。悪夢なり。涙、冷汗、洟水《はなみず》と凡《およ》そ顔から出る物全てを垂れ流して苦しみもだえるのだ。四十年も昔のことであるというのに！

七緒はぱたりと手帳を閉じた。

——あの草魚さんが悪夢？

片岡草魚が紫雲律に参加したのが二年前。それ以前の彼がどのような生活を送っていたのか、知るよしもない。しかし、七緒らが知る限りにおいて、片岡草魚は悪夢にうなされ眠れぬ朝を迎えるような人間ではなかった。

酒を飲むと、前歯の欠けた口を開けてよく笑った。豪快とはお世辞にもいえない、最後には力が抜けるようなどこか投げ遣《や》りなところのある笑い。けれどみんなに愛されていた。酒の席になると誰もが「ねェ草魚さん、こないだこんなことがあってね」と話し掛けたがったものだ。特に合いの手も入れず、フンフンと聞き入る草魚が、最後にアハハと笑う姿を誰もが見たかったのかもしれない。

「でも」

と布団の中で声を出してみた。

そうした人なつこい面がある一方で、故郷も名前も記憶の瓦礫《がれき》の底に封じ込めねばならなかった暗い一面。これもまた片岡草魚であることは確かなのだ。

——その暗い一面が、悪夢の源泉となっている。

——もしかしたら、犯罪に関係があるのか。

一年前に、ただ一度だけ草魚を「香菜里屋」に案内したことがあった。それだけで工藤哲也は、草魚の故郷を言い当ててみせた。七緒が、草魚の故郷に関する手掛りを知ったのも実はその夜だ。紫雲律の例会でのことだった。

七緒は例会で飛鳥《あすか》地方を題材に取った句をいくつか発表した。はるか古代、豊浦宮《とゆらのみや》に遊ぶ推古《すいこ》天皇をイメージした句は、どれも気に入ったものだった。

会のあとの飲み会で、珍しく草魚の方から話し掛けてきた。

「奈良にも豊浦宮があったのですねェ」

「奈良にも？　ほかにもあるのですか」

七緒の問いに「ええまァ」と曖昧《あいまい》に笑う草魚。

そこに浮かんだ含羞《がんしゅう》と脅《おび》えとが、ふいに愛《いと》しく思えた。相手は自分の父親ほどにも年の違う初老の男なのに、である。愛しいという言葉に語弊があるなら、渇きと言い換えてもいい。孤独を感じる暇さえない毎日であるはずなのに、なにかの拍子に発作のように湧きあがる感情が、居酒屋を出て、七緒に草魚を誘わせた。自分にそうした大胆さがあることをはじめて知った夜でもあった。

香菜里屋でビールをなめながら、草魚はポツリポツリと、自分の生まれ故郷にも豊浦宮の跡があることを語った。今にして思えば、あれほど頑なに足跡を消した故郷へ

の道のりを、

――どうして草魚さんは、断片的にせよ私に話す気になったのだろう。

あるいは七緒と同様の渇きを、草魚もまた秘めていたのかもしれない。

三月十九日　寒い日が続く。第一食お握り二ケ、味噌汁。仕事半分まで終える。夕方より銭湯。

手の甲のシミを数ゆれば後悔の数
自虐の部屋慙愧《ざんき》の布団を被る我のいる
夜半に目覚めおり赦《ゆる》し乞う己れの声におののきて
人のいぬ道選びて繰り返すその町の名

香菜里屋からさらに自分の部屋へと招き、あとは当然のなりゆきとして七緒は草魚を受け入れた。意外なことだが、枯れた雰囲気を持つ草魚は十分に男性としての機能を維持していた。

思いがけなく荒々しい手つきで七緒の服を脱がせ、なぜだか、はっと手を止めた草魚。窓からさす月明かりに浮かんだ彼女の乳房に、なにか尊い物でも見つけたように手を合わせてみせた。

「人のいぬ道選びて繰り返すその町の名……やはり生まれた場所に帰りたかったんですね、草魚さん。だったら私が帰してあげます。今はもう誰も、あなたを誹《そし》ることなどできないはずだもの」

豊浦宮という言葉から、七緒は草魚の故郷が山口県の下関《しものせき》市であることを知っていた。「その町の名」は長府《ちょうふ》。浅い眠りにつこうとする闇の中で七緒は何度も「帰してあげます、帰してあげます」とつぶやいた。

2

飯島七緒がフリーのライターとなって二年になる。大学を卒業し四年間勤めた出版社を辞めて、今の立場となった。紫雲律に参加したのも同じ頃だ。特に発句の趣味があったわけではない。言葉に対する感性を磨く、学習材料のように思えたからだ。

五月の連休を前に、仕事のフィールドである月刊誌は殺人的な忙しさとなる。いくつかの仕事を断り、そしていくつかの仕事を切り詰めることで、ようやく七緒は連休前に一週間ほどの日程を得た。
長府までは、羽田《はねだ》空港から山口宇部《うべ》空港まで一時間二十分、そこから山陽本線に乗り換えて一時間あまり。神奈川県生まれの七緒には本州の最果ての地のように思えた長府という町が、意外に近いことを知った。

長府は印象の希薄な町である。駅の改札を抜けたとたんに、七緒はそう感じた。下調べによれば、ここは萩《はぎ》市と並んで幕末から維新の混迷の時代に、歴史の最先端で煌《きら》めき続けた町なのだそうだ。

『今も残る土塀と石畳は日本人の心のふる里である』とパンフレットに書かれた言葉は、過ぎたる饒舌《じょうぜつ》と聞き流すとして、この町には観光都市特有の押しつけがましさが、ない。蟬《せみ》の抜け殻にデコレーションを施すような施策がどうしても好きになれない七緒には、長府の控えめさは好ましいものに思えた。

四月の夕陽の中を、随分となつかしい形の乳母車を杖代《つえ》わりにして老婆がヨチヨチと過ぎていった。どこかの庭木のこぶしが、なまめかしい匂いをふりまいている。
――この町は抜け殻ではない。草魚さんが生きて通りを歩いていた時代も今も、綿々と生活の場であるんだ……。

だからこそ、草魚は遂に死ぬまでこの町に帰りつくことができなかったのだと、瞬時に悟られた。町も人も、決して彼を許して迎えることがないと、草魚は知っていたのである。

その夜、ホテルの湯舟につかりながら、七緒はこれから六日間の日程を反芻《はんすう》した。日程といっても厳密なものではない。片岡草魚が長府を捨てなければならなかった訳を調べて、彼の本名を知り、できることなら菩提寺《ぼだいじ》まで調べてプレートとビス、手帳を埋めるつもりだった。

問題はそこまでの道のりである。草魚の身に起きた事件が『四十年も昔のことである（三月十八日）』と書かれている以外、手掛かりはない。十五年、二十年の昔ならまだ当時を詳しく知る人も見つかるだろう。だが四十年の時の流れは、あまりにも遠い。ただひとつの救いはといえば、たとえ四十年の時間を経ても草魚が故郷に帰れなかった、

——その事実は動かせない。

ことだ。それほど事件は人々の頭に忌《いま》わしい記憶として残っているのではないだろうか。だからこそ草魚はこの地を遠く離れ、仮の名前で仮の人生を終えるしかなかっ

たのだ。

三月二十二日　曇日。鬱々《うつうつ》として楽しまぬ日が続く。数日は句も作らず。校正も進まず、編集のY氏より催促の電話あり。

三月二十三日　氷のごとき風日。第一食白粥。校正紙を編集部に届ける。経理で先月分の仕事料を受け取り、その足で浅草。神谷《かみや》バーで電気ブラン二杯。つまみに煮こごり。

地蔵菩薩《ぼさつ》千年の無言目覚めし蛙の無言
濡れ濡れとなまめかしや蕾菖蒲さま

三月二十四日　晴れなれど寒日。第一食神田《かんだ》古書街で魚焼き定食。切り絵図三千円にて求める。城下町の町割やなつかしき。二度と春を見ることのない町であるか。

三月二十五日　寒日。せめて花の温みを求めてN公園へ。なれど花はまだ気配も見えず。ベンチでカップ酒二本。ホロリと酔う。足元に子猫が寄ってきてミャアと鳴く。悪いとは思いつつ、蕾の小枝をひとつ手折《たお》って持ち帰る。途中より雨。

子猫の尾に初虫のじゃれ戯れる
手の鉢に雨天露や甘露や
子猫を供の花盗人ソロリソロリ

三月二十六日　雨。朝より発熱。寝床も上げず終日過ごす。食欲なし。

咳コトリと落ちる床の諧謔味《かいぎゃくみ》

ベッドにうつ伏せた姿勢で、七緒は句帳を読み続けた。この日から草魚は床に臥《ふ》し、そして最期を迎えることになる。きっと冷たい春の雨の中を傘もささずに歩いたに違いない。踊るように歩く草魚と、その後を追う子猫の姿が容易に浮かぶ。悲しいほど滑稽《こっけい》で、これほど草魚らしい姿は、ない。

三月二十八日　寒い寒い。熱いっこうに下がる気配なし。手足を畳み、鞠《まり》のように小さくなっている。窓の外は雨。

三月二十九日　布団までが濡れて気持ち悪し。すでに三日も食物を口に入れず。口中に膠《にかわ》を含むごとし。窓際の桜に小さき花つく、せめてもの慰めなり。

三月三十一日　寒さが（以下絶筆）

四月一日

花と俺とに追いつかぬか春
臥したる吾あり窓に寒月この指とまれ

最後の文字はおよそ草魚のものとは思えないほど乱れ、判読するのがやっとだ。熱にうなされ手元も定まらなかったのだろう。それでも気力をふり絞り、最期の句を残して草魚は逝《い》った。窓際には、カップ酒のグラスにさした桜の小枝が、枯れていたそうだ。今年の桜は開花が遅く、関東での開花宣言は四月十二日までずれ込んでいた。そのためか、ある新聞の文化欄に「奇跡の花の下で無名の俳人逝く」という記事が載った。葬儀の夜、香菜里屋の工藤が読んだと言った、その記事である。

——そういえば、マスターがおかしな事を言っていたっけ。

今回の旅行に出かけると、告げた夜のことだ。鰆《さわら》の切り身を小さな南部鉄のフライパンに敷き詰め、ホワイトソースをかけながら工藤が「そうですか」とつぶやいた。声に奇妙なよそよそしさがあった。

「どうかしましたか」

工藤がちょっと手を止め、七緒の顔を見た。眼鏡の奥で柔和な目が少しだけ細くなった。フライパンをオーブンに入れ、再び七緒に向き直って、

「申し訳ありませんが、片岡さんの句帳を今もお持ちですか」

「ええ」と、七緒がバッグから取り出した手帳の数頁《ページ》をめくり、その中のいくつかの部分を工藤はメモしてゆく。

「なにか……」

「きっとたいした事ではないのでしょう。納得がいかない所があると、それが気になって仕方がないのですよ、性分として」

さらに頁をめくり、いくつかの文字をメモに書き写しながら「奇跡の花は本当に咲いたのだろうか」と、誰に言うでもなく工藤がつぶやいた。

その夜のことを思い出していた。

――ずいぶんとおかしなことを気にする。

肺炎を起こし、高熱にうなされながら死んでいった草魚を、一輪の花が看取ったとしても、さほど不思議ではない。開花宣言はもう少しあとだが、花一輪もなかったわけではあるまい。奇跡というにはあまりにささやかな出来事だ。

――でも？

と思ってしまうのは、草魚のわずかな言葉からこの故郷をいい当ててみせた、工藤の頭の働きを知っているからだ。「今、山口にいるんですよ」と店に電話をかけて、あの夜の話をもっと詳しく聞こうかとも思った。工藤のことだ、気持ち良く話をしてくれるだろう。どうしようかと思案するうちに、いつか七緒は眠り込んでしまった。

翌日。あまり早くない時間に目覚めて朝食を軽めに済ませ、七緒は長府の町に出た。傘をさそうかさすまいか、迷いそうな細かい雨。ホテルで貸してくれるという傘を断り、近くのコンビニでビニールの傘を買った。いくらなんでも、あの傍若無人《ぼうじゃくぶじん》に大きく書かれたホテル名とロゴマークは勘弁してほしい。

霧雨《きりさめ》の中、石畳の道、土塀の残る小路を歩いた。目的は市立図書館である。ところが感じのいい小路を見かけるとついそちらに曲がってしまう。視線の端に不意に崩れかけた土塀、草に覆《おお》われた旧家の庭などがあると、立ち止まってみずにはいられない。ヒョイと覗けば、少年の草魚がこちらに笑いかけていそうな風情《ふぜい》だ。基本的な方角さえ外《はず》さなければ、いつかは目的地には辿《たど》り着くのが城下町のいいところである。日本画を思わせる風景の中を、ゆるゆる、ゆらゆらと歩く楽しさの先に『功山寺《こうざんじ》』があった。

功山寺は、幕末の動乱期に高杉晋作《たかすぎしんさく》が編制した奇兵隊の発祥の地として知られる名《めい》刹《さつ》である。鬱蒼《うつそう》とした常緑樹がおおいかぶさる参道の先に、山門が凛《りん》と聳《そび》える。霧雨の中で、木々の緑と山門の黒、石畳の白が色彩によって風景を切り分けている。

境内《けいだい》に人影がないのは、観光シーズンをきわどいところで外しているからだろう。山門と本堂を結ぶ直線を中心にして、禅寺特有の伽藍《がらん》配置が見て取れる。

——悪くない。

と七緒は思った。こうした一点の揺るぎもない風景を好むのは、

——私が情のこわい女だからだ。

とも思う。それは、雲をつかむようにとらえ所のない片岡草魚に惹《ひ》かれた自分を裏付けている。

本殿の右横にある、小さな土産物屋に入った。ほとんど観光地としての言い訳のように作られた店で、さほど珍しい品物が置いてあるわけでもない。

「どちらからですか」

店の奥から、人の良さそうな老婦人が顔を出した。藍《あい》染めのエプロンを付けた小さな体が、店の大きさに似合っている。

「東京からです」

「ひと足早く、お休みを取って？」

「そんな、ところです」

「いい時期に来《き》んさったねェ。この町は今時分が一番なんですよお。連休になればこんな町でもお客さんでいっぱいになりますから」

老婦人はよほど話の相手が欲しかったのか、ここ数年で町から電柱がほとんど取り払われたことなど話しながら、熱い茶を入れて七緒に勧めた。

「おいしい！」

「そうでしょう。タダで出すお茶だから、もっと安いもので十分じゃと上の人は言うのですけどねェ」

その柔らかい笑顔に釣られて、七緒は小さな湯呑みを買った。萩焼《はぎやき》である。最近は萩市以外にも窯《かま》があるのだそうだ。そんな無名の窯の作品のひとつだが、薄い青の肌合いが気に入った。

湯呑みを包んでもらいながら、あらためて図書館への道を聞いた。

「図書館？　そんなところになんの用があるんですかいね」

「せっかくだから、町の歴史なんか調べてみたくて」

「はあ、遊びに来んさってまで勉強ですか」

それなら忌宮《いみのみや》神社の近くの図書館がよかろうと、老婦人は言った。

忌宮神社の縁起は古い。神話時代に遡《さかのぼ》って仲哀《ちゅうあい》天皇が、ここに宮を設けたという伝説に基づき、その跡地に作られた神社である。その宮こそが、

――草魚さんの言っていたもうひとつの豊浦宮……。

自分の知らない、遥かな時を遡ったところにいる若い草魚が胸に刻みつけた思い出の地である。

神社の境内には百羽以上の鶏が跳《は》ね回っていた。神鳥の格を持つ彼らは境内を縦横無尽に駆け、あるいは飛び越し、どうやら参拝者のことなど動く庭木ぐらいにしか考

えていないらしい。それぞれが勝手気ままで、素敵に強情そうな顔をしている。

図書館は神社の裏手にある。大きなものではない。図書資料の保存よりは、地域住民への一般書籍の貸出しを主とした目的としているようだ。

——さて、どうしようか。

仕事柄、七緒はこれからの作業がいかに大変であるか容易に想像することができた。とりあえずは新聞を調べることから始めなければならない。ところが七緒の手元には捜し求める事件の年月をはっきりと示す手掛りはない。草魚が「四十年も昔」と書き残しているのみだ。それが正確に時間の経過を示しているとはとても思われない。おしなべて三十七年前くらいから四十三年前の事なら、人は「四十年前」と言ってしまうのではないだろうか。あるいはもっと長い時の経過があるかもしれない。

——軽く見積もって七年分の新聞……。

一年分の新聞資料でさえ、量は膨大だ。どうひいき目に見ても、マイクロフィルムによる最新の保存システムがある図書館には見えない。案の定、

「そうですね、長府の戦後史なら『港新聞』の現物をすべて保存してありますよ」

図書館司書の中年女性が、にこやかに地方新聞の束を書庫から持ち出してくれた。戦中、一時休刊していた港新聞は昭和二十四年から業務を再開している。その年の新

聞だけでも束は四つ。手を触れただけで、ボロボロと崩れそうな赤茶色の新聞の束を前に、七緒はフッと溜め息をついた。

――やり方がどこかで間違ってはいないか？

昭和二十四年と二十五年の二年分の港新聞を調べ、疲れ果てて図書館を出た七緒は、しきりと自分の中のもう一人の自分がささやく声を聞いた。行き止まりの見えない、深い迷路にいるようだ。その思いは、食事をする間も離れない。ホテルは宿泊のみの契約だから当然どこか外の店で食事をしたはずなのに、何を食べたのかまるで記憶がなかった。気がつくとホテルの大浴場で手足を伸ばし、考え込んでいた。

――草魚さんは、この町でなにをしたのか？

殺人事件だろうか、傷害事件だろうか。それとも詐欺事件？

事件が未だ解決されていないことだけがはっきりしている。そうでなければ故郷を飛び出し、名前まで変えて生きる理由がない。だからこそ古い新聞を調べ始めたというのに、七緒は自分の作業が徒労に終る気がしてならなかった。

「だめだ！　やはり聞いてみよう」

大きく声に出して、湯舟を飛び出した。カランの上の鏡に、もうすぐ三十歳を迎える自分の裸体が走り去るのが見えた。

「もしもし飯島ですが」

香菜里屋が閉店する午前一時を見計らって七緒は工藤に電話をかけた。

「やァ、旅行からお帰りですか」

「まだ途中です。今ちょっとよろしいですか」

「七緒さんさえ良ければ。今日はヒマでしてね、店の片付けもすべて終って、帰ろうとしていたところなのですよ」

「よかった、実は草魚さんのことで」

七緒は手短に、地方新聞である『港新聞』を調べ始めたことを語った。

「地方新聞とは、いいところに目を付けましたね。地元に密着している分、大新聞の紙面から漏れた小さな事件まで網羅されているでしょうから」

「私もそう思ったんです。でもなにかが間違っている気がして。たとえばの話ですが、私たちは一番重い犯罪といえばすぐに殺人を思い浮かべますよね。でも、殺人犯として逃げ回っていたとしても、四十年も前の事件じゃないですか」

「なるほど、時効だって成立していますね。事件そのものも、住民の記憶が風化していることでしょう」

「だとしたら、草魚さんがあれだけ故郷に恋い焦がれ、それでも遂に帰れなかった理由がわからなくなります」

「新聞を調べても、無駄ではないかと？」

そう言ったきり工藤は黙ってしまった。聞こえるのは呼吸の微《かす》かな音ばかりである。七緒は焦《じ》れた。

「あの、マスター、工藤さん!?」

「はい」

「ああ、良かった。そこにいないんじゃないかと思ってしまいました」

「はは、まさか。少し考え事をしていました。可能性についてです。片岡さんが長府に帰れなかった理由について」

「おわかりになりましたか」

「いくつかの可能性については。まず、事件がたとえ四十年の時を経《へ》ても決して風化しない性質のものであるとします。事件そのものは知らなくとも、長府に生きる限り誰もが一度は耳にするような大きな事件であれば……」

「殺人よりも大きな事件ですか？」

「大量殺人かもしれませんね」

「まさか！」

「すみません、驚かせてしまいましたか。あくまで可能性の問題です、言葉の勢いのようなものですから、気にしないでください」

「気にしないはずが、ないじゃありませんか」

言葉を荒らげながら、自分の身勝手さを笑うもう一人の七緒がいた。草魚が何かの犯罪を犯して故郷を捨てた可能性については、自分で認めていたはずだ。

──私は、草魚さんのすべてを受け入れたうえで、あの人をここに眠らせるために来たのではなかったか。

殺人者なら許せるが、大量殺人者は許せないというのは、エゴイズムでしかない。

「やはり……そんなことも考えられるのですね」

「言葉の上だけのことです。あの人がそれほどの血なまぐさい影を胸に秘めていたとは思えません。人を一人殺すということは、大変な負の精神力を必要とするでしょう。たとえ偶発的であったとしてもです。まして何人もの人の命を奪うともなれば、それは『掛ける人数分』の方程式では済まないはずです。二乗三乗の負の精神力が、あんなにも穏やかな表情を許すでしょうか」

「マスターにそう言われると、安心します」

一度でも、体を許した男が鬼畜の類《たぐい》でなくてよかった、という安心感である。

——やはり私は身勝手だ。

後ろめたさが七緒の口をかえって軽くさせた。

「そういえば工藤さんの方はいかがですか？　草魚さんの句が気になるって」

「ああ、あれですか。実は昨日、片岡さんの住んでおられたアパートを訪ねてみました。そうしたら面白いことを発見しましたよ」

「面白いこと？」

「言葉がまた不謹慎でした。飯島さん、片岡さんの死の直前になりますが、保谷市《ほうや》で女性の遺体が発見されたのを覚えていらっしゃいますか」

「たしか新聞で読んだ気が……まだお若いのに両足が不自由な方でしたね」

「事故現場と片岡さんのアパートとは文字通り隣接していました」

「どうして気がつかなかったのかしら」

「多分、二つのポイントがちょうど東京都と埼玉県の県境上にあったからでしょう。新聞で住所を見てもピンとこないはずです。まして片岡さんは病死以外の何物でもありませんでした。警察同士の管轄《かんかつ》の問題を考えると」

「誰も二つの事件をつなげて考えることはしなかった。まさか！」

片岡草魚は誰かに殺されたのか、と声が上《うわ》ずった。

「飯島さん？　あまり誤解をなさらないように。片岡さんが病死であったことは確かだと思います」

工藤の言葉で、膨張の頂点に達していた興奮が一気に萎《な》えた。

「だったらどうして」

――面白いなどと言うのか。

「今はまだ確証がある訳ではありません。だからこれ以上は言えないのですが、二つの事件がまるで無関係であるとも思えないのですよ。飯島さんがお帰りになるまでには、必ずはっきりさせておきましょう。それよりも、先程の問題ですが」

「は!?」

「片岡さんが故郷を捨てた理由について、そして帰れなかった理由について、です」

「合理的な解答はありますか」

「ひとつだけ。たとえば片岡さん、四十年前の長府で起きた大きな事件によって、すでに死んだことになっているのではありませんか？」

3

翌日も、その翌日も図書館通いは続いた。工藤のひと言が、七緒の気力を奮い立たせている。事件の犯人を探すよりは被害者を探すことのほうが、はるかに気持ちは軽い。たとえ草魚が、

——死者として姿を消した以上、完全なる被害者であるはずがない。

としても、である。問題は、七緒がこうして図書館に通い詰められる時間が、悠久ではないということだ。

気持ちを切り替えるつもりで、いくつかの雑誌を席で広げた。片岡草魚のアパートに隣接して建っているマンションで殺されたという若い女性に、興味を覚えたからだ。草魚の死と違い、事件はかなり大きく各誌で取り上げられていた。被害者が若い女性で、しかも両足が不自由であることが、記者のペンに力を与えていることがよくわかる。

事件がわかったのは三月二十九日のことである。三ＬＤＫのマンションに独り暮らしをする二十六歳の女性が、自宅で殺されているのが発見された。第一発見者は、通

いの付き添い女性だ。いつものように午前九時にやって来た彼女は合鍵を使って室内に入り、居間で絞殺された雇い主を見つけた。前日、午後七時に付き添いの女性は現場マンションを出ており、事件はその後に起きたと見られる。周辺では昨年末から空き巣狙いが頻発していて、たまたま部屋に忍び込んだ窃盗犯が、開き直って強盗に転じたのではないか、記事はそう締めくくっている。記事に添えられた彼女の顔は額が狭く、目の大きさばかりが目立ってひどく陰気に見えた。それでも『独り暮らしの美女を襲った狂気』という見出しが堂々と付けられているのは、ほとんど雑誌記者の癖のようなものだろう。

雑誌を閉じて、七緒は溜め息をついた。

——いったい、なんという差だろう。

同じ孤独の身でありながら、草魚と若い女性とのあまりに大きな境遇の違いである。片やアルバイトの校正を細々とこなし、月に十万にも満たない収入で暮らしていた老人。こなた先天的に両足が不自由であるとはいえ、両親の残してくれた遺産とマンションのおかげで、日々の糧に餓えることなく、付き添い人まで雇っていた二十六歳の女性。殺された事実は喩《たと》えようもなく悲惨だが、

——それくらいのことがなければ、バランスが取れないじゃない。

という思いが、七緒の胸の隅でシクシクと疼《うず》く。当然ながらどの記事にも、事件現場のすぐ隣で静かに死んでいった、老俳人について言及したものはない。どちらの死の方が重く、悲しいのか、胸の内にある天秤《てんびん》の針は傾きの角度を決められるはずがなかった。


昭和二十六年分の新聞の束をカウンターに返しながら、司書の中年女性に、

「戦後まもなくですが、この町で起きた大きな事件というと、なにかご記憶にありませんか？」

なにげなく七緒は尋ねてみた。大きな収穫を期待したわけではない。

「戦後……ねェ。私はまだ十《とお》にもなっちょらん頃ですから。そういえば戦争が終ってすぐでしたか、天皇陛下がお見えになりましたよぉ。ここは豊浦宮があったということで」

「天皇陛下ですか」

「戦争が終って時代が変わっても、私らにとって陛下はまだまだ神様でしたからねエ、そりゃあ町民あげて盛大にお迎えしたもんでした。戦後は食糧事情が悪いうえに、ここいらは水道を引くのが遅れちょりましてね、そのせいでコレラが流行《はや》った

り、ほんの小さな出火が町の半分も焼き払うような大火事になってしもうたり」

「ちょっと待って、火事!?」

「長府の大火という、大火事があったんですよぉ」

七緒の意識の下で目覚めるものがあった。片岡草魚の日記の一部である。

『城下町の町割やなつかしき。二度と春を見ることのない町であるか（三月二十四日）』

城下町の町割は共通する部分が多い。草魚が江戸の町割に長府の面影を見たとしても不思議はない。問題はその後の言葉だ。

――二度と春を見ることのない町とは、自分が帰れないという意味じゃなかったんだ。町そのものが二度と春を迎えることができないという……。

「その原因を作った火事を指していたんだ」

「なにか、おっしゃいましたか？」

「あ、いえ。けれどその火事のことは新聞には出ていなかったようですが」

「ああそうだ。長府の大火が起きたのは、陛下の行幸の少し前ですから昭和二十二年です。まだ、港新聞は再刊しちょりません」

「なにか、当時の記録が残っていますか」

「さあ……」

司書の婦人はいくつかの資料を調べ、県立図書館などに電話をかけて、中央新聞の地方支社から一枚のFAXを送ってもらい、七緒に手渡してくれた。それによると、『長府大火が起きたのは昭和二十二年十月七日である。堀内《ほりうち》××に住む金属塗装工・冨樫《とがし》某の住宅から出火。のちに火は広がり死者数名、延べ一万三千ヘクタール、人家二千八百戸を焼失する大惨事となった。出火の原因は冨樫某宅にあった揮発油であるらしい。近所に住む田山《たやま》ハル（七十六歳）の証言によれば、彼女が出火に気がついたときはすでに、火は隣接する魚澄《うおずみ》医院の木塀に燃え移り、鎮火の手立てがないほどであったという。

火事がこれほど大きな被害をもたらした理由は二つある。まず出火当時、長府には水道施設がなく、消火活動を井戸水に頼らなければならなかった点が挙げられる。もうひとつは、この地に駐留していたニュージーランド軍（進駐軍）が、途中から消火活動の指揮を執《と》ったのだが、なにぶん地形的に不慣れなこともあって、活動が大幅に遅れたためである。

途中からは火を消し止めるよりも、あらかじめ火の道に当たる民家などをダイナマイトで爆破し、類焼を防ぐという方法が試みられたが、爆破地点が四度も変わる（最終的には爆破は行なわれなかった）など、混乱を極めた。火はその後三日にわたって燃え続け、前述のような被害をもたらした』

記録には『死者数名』とあるから、その中の一人が草魚であることが考えられる。人数があいまいなのは、行方不明者が相当数いたことを示している。戦後まもなくのことで、はっきりとした数字がつかみきれなかったのか。

おぼろげながら、草魚の素顔が見えてきたと思う一方で、

――果たしてそうなのか。

という疑いもある。はじめは出火元である「冨樫某」が草魚の本名かもしれないと思ってみた。しかし冨樫という金属塗装工は、大火以後も長府市内に住んでいたことを、例の司書婦人が覚えていた。

――とすれば、草魚さんは被害者の一人と考えられるから……。

大火のどさくさに紛《まぎ》れて姿を消す理由がなくなってしまう。あるいは、

――大火の最中になにかが起きたのかもしれない。例えば……偶発的な殺人を犯して、遺体を火の中に投げ捨てた。

当時の社会情勢を考えれば、満足な検死解剖が行なわれたとはとても思えない。

――それなら草魚さんは完全犯罪に成功したことになるもの、自分まで死者の仲間

入りをして、長府を離れる理由がないじゃない。

どの方向に思考の触手を伸ばしても、同じところに行き着いてしまう。

石畳の道を、七緒は歩いていた。昨日から晴天が続いている。落ちる寸前の夕陽の照り返しが、民家も土塀もゆるゆると溶かしてしまいそうだ。

足が自然に忌宮神社に向いていた。図書館の裏手から保育園のすぐ横をすり抜け、神社に併設されている駐車場へ出た。左手に宝物殿を見ながらまっすぐ進めば、そこが神社の境内となる。数日間、通ううちに覚えた近道なのだ。

駐車場には観光バスが数台。どうやら県内の小学校の社会科見学らしい。二百人以上の児童が、駐車場の片隅に集まってバスガイドの説明を聞いている。きっとここが最後の見学地なのだろう。子供たちは明らかに疲れ、焦れていた。ガイドの背後には、豊浦宮の跡地を示す御影石の石柱と、なにかの保存建築物がある。チラリと見ただけだが、小屋に毛のはえたようなもので、東京に帰るまでに一度は見ておこうと思いつつ、そのままになっていた。

——ついでだから、一緒に説明を聞いておこうかな。

七緒は子供たちから少し離れたところに立ってガイドの話に耳を澄ませた。

「ここにあるのは今から百五十年前、江戸時代の終りに作られた学校『集童場《しゅうどうじょう》』の建物の一部なんですよ。元は塾のようなものだったそうです。やがて〈藩校〉という正式な学校となり、ここからは、先程見学しましたね、乃木希典《のぎまれすけ》のような有名な人が育っていったのです。そのため集童場は、長府の『松下村塾《しょうかそんじゅく》』ともいわれています」

ガイドの声もいささか疲れていた。

——それにしても、松下村塾〈吉田松陰《よしだしょういん》の作った私塾〉なんて説明してわかるのかしら。

きっと不慣れなガイドなのだと思いながら、七緒は集童場の場長室だという建築物の中を覗いた。そこには集童場出身の名士たちの顔写真が十枚あまり並んでいる。

七緒の顔の筋肉が凍りついた。知らないうちに息さえ止まっていた。

——草魚さん……！

写真の中の一枚に、紛れもない草魚の顔があった。

「魚澄草太郎《そうたろう》……魚澄草太郎」

ホテルのベッドの上にだらしなく胡座《あぐら》をかいて、いったい何度その名をつぶやいたかわからない。言葉にする度に「魚」という字に肉がついてゆく。「澄」という字に目鼻がついて、「草」という字が手足となり「太」という字に髪の毛が生える。「郎」という字に微かな汗の匂いが染《し》みて、なつかしい草魚の姿となった。

魚澄草太郎は、集童場の場長室にあった写真の下に書かれていた名前である。「明治二十八年生まれ」とあったから、年齢的に草魚本人ではありえない。そのかわり、

――草魚さんの父親にちがいない。

七緒は確信した。そうでなければあれほど似ているはずがない。子供であるかぎりは、きっと父親の名前のひと文字を受け継いだことだろう。

七緒は、草魚という名を初めて耳にした日の事を思い出した。

初めて草魚が参加した例会のあと。いつもの居酒屋でためらいがちに草魚は盃を口に運んでいた。その場は本名（仮のだが）で句を詠《よ》んだ彼が、他の仲間に乞われるまま「草魚」の名を口にした。今から思うと、あの時の表情の中にはためらいと、狂おしいばかりの望郷の念が込められていたのではないか。

しかも魚澄という名前には、もう一つ聞き覚えがあった。長府大火に関する資料の一節である。

――火は、火元である富樫某の家からあっという間に大きくなり、隣家の魚澄医院の木塀に燃え移った、と確かに書いてあった。

草魚の家は大火の火元に隣接していたことになる。

「ようやく見つけることができましたよ、あなたを」

ボストンバッグの中からハンカチで包んだビスとプレートを取り出した。史跡に名を残すほどの家柄であれば、菩提寺がわからぬことは、まずあり得ない。なにも事件のことをすべて調べる必要はないという思いと、すべてを調べない限り確証がない、二つの思いが七緒を苦しめた。結局、

「いいですよね、私がすべてを知っても」

ビスの螺旋《らせん》を指でなぞりながら、七緒は心を決めた。


翌朝、七緒は再び図書館を訪れた。すっかり顔見知りになった司書の婦人が、

「御熱心ですねェ、毎日」と声をかけるのに、

「あの、今日は人のことを知りたいんです」

「人、ですか？」

「集童場の場長室にあった写真の人ですが」

「ああ乃木将軍！」

「いえそうではなくて、魚澄医院の」

「魚澄草太郎さんですか。あそこは有名な家でしたよ。そりゃあ代々長府藩の藩医をされた家柄でしてね」

カウンターの左隅に、地元の公共団体が発行した非売資料ばかりを並べた棚があった。司書の婦人はそこを指さして、分厚い『下関市医療事情抄』という書名を教えてくれた。閲覧室に持ち込み、目次から『人物小伝』の項目を探した。改めて頁を捲《めく》る必要はなく、項目の頭に「魚澄家」の一文があった。

『魚澄家は長府藩藩医の家柄。維新の後は××町に居を構えて医院を営む。地元の信望は厚く、特に医院は魚澄草太郎の代で大きく飛躍する。

草太郎は東京帝国大学を優秀な成績で卒業、十四年にわたって陸軍軍医を勤め、父親の死後惜しまれながら退役して山口に帰郷。父親の遺した魚澄医院のあとを継いだ。戦中戦後にかけては絶対的に物資が不足する中、草太郎は私財をなげうち民間医療に力を注いだ。しかし昭和二十二年十月に発生した火事、いわゆる長府大火のために医院及び住居は全焼。くわえて長男で、当時九州帝国大学に通っていた草樹《そうじゅ》（十八歳・たまたま帰郷中だった）と、自宅療養中であった次女のふみ（十四歳）を、この火事で失った。そのためか、火事の後も医院を建て直すこともなく、下関市唐戸町《からとちょう》の親戚宅にて昭和二十五年死去する』

間違いなかった。魚澄草樹こそが、後に片岡草魚として七緒の前にあらわれた人物なのだ。

──しかし、当時十八歳だった草魚さんは、どんな理由で長府大火にかかわったのだろう。

ひとつの事がわかれば、すぐにまた次の疑問が湧く。要するに自分はこの町を離れたくないのではないか？　まんざら当てずっぽうではない推量に、七緒は苦笑した。

「昨日お伺いした、長府の大火ですが」

資料を返却しながら、司書婦人に質問した。

「火元とされた方は、もういらっしゃらないのですか」

「ええ、火事の後も長く町に住んでおいでじゃったけども、十年ばかり前に養老院に入られて、そのまんま亡くなりんさったそうですよ」

「養老院、この近くのですか」

「それがねェ、ああした職人さんはよほど実入りがええんでしょう。山の中にある別荘のような民間の養老院に入られて」

「それじゃあ、火が出たときの様子を詳しく知る人はもういないのですか」

もちろん、出火の様子を目撃した田山ハル（当時七十六歳）が生きているはずがな

い、と予想しての質問である。ところが婦人はこともなげに、

「いらっしゃいますよ」

と言って、七緒を驚かせた。

「資料に書かれちょりませんでしたか。亡くなった次女の方の六つ上に、長女の綾《あや》さんという人がいらっしゃるんですよ」

そうして魚澄家の最後のひとりについてあれこれ聞くうちに、飯島七緒の顔は今にも泣き出しそうになった。

4

——こんな町に住んでみたい。

というのは、いつだって異邦人の甘い感傷でしかない。そうわかっていてもなお「生活したい」と思わせる町はある。

図書館の司書婦人に教わった道を、七緒は曲がり角の数を数えながらたどった。手にはボストンバッグ。すでにホテルのチェックアウトも済ませてある。

海岸通りからまっすぐに山際へと伸びる道を、十五分ほど歩いたところに正木《まさき》の垣

根に囲まれた木造の一軒家があった。小さな家だが、壁も屋根も玄関も、全体に紛らわしいもの、歪《ゆが》んだもの、荒《すさ》んだものが一点もないまっすぐな印象を受ける家である。

——あの人が住んでいる家らしい。

と思いながら七緒は玄関の呼び鈴を押した。家の中ですぐに「はあい」と返事がして、テンポの良い足音が玄関を目指してやってきた。足音の主は、引き戸を開けて七緒の顔を見るなり「アラッ」と声をあげた。

「魚澄……綾さんですね」

七緒は、相手を確かめるように言った。

「ええ、あなたは確か」

「功山寺の売店でお会いしました」

「やっぱり！　どうされたんですか」

「夕方の便で東京に戻ります。実はその前に綾さんにお聞きしたいことがありまして、お邪魔しました。あの……」

それ以上の言葉を口にするのがためらわれた。草魚が生涯、守り通そうとした秘密はこの人にとっても忌わしい思い出なのではないか。自分の旅の目的は草魚の体の一部を故郷に帰すことであり、美しく年をとったこの老婦人の顔を、苦渋《くじゅう》の表情で歪めることではない筈《はず》だ。

「まァ、まァ。私としたことが玄関先ではお話もできませんですね。狭いところですが、さ、お上がりになってくださいな」

柔らかい笑顔を七緒に向けて、功山寺の売店で働いていた老婦人・魚澄綾は家の中に迎え入れようとした。招きに応じて靴を脱ぎ、正木の垣根に囲まれた小さな庭を前に見る四畳半間に通された。

部屋の右隅に仏壇がある。

魚澄綾が急須と湯呑みを持って現われ、数日前に売店で飲んだのと同じ香りのよい緑茶を入れてくれた。その手元を見ながら思いきって、

「長府の大火、いえ、弟さんの草樹さんのことについて」

七緒は老婦人に声をかけた。

綾の手元がぴくりと止まった。一度だけ七緒の方を見たものの、すぐに顔を急須に戻した。湯呑みへと注がれる茶の音が、二倍にも三倍にも増幅されて聞こえる、長い時間が、部屋に居座った。

「どうぞ」と茶を差し出した綾の顔が、別人のものになっていた。優しさも穏やかさ

も内へしまい込み、ただひたすらに感情を平らにして苦難に抵抗しようとする、修行僧のそれになった。

「ずいぶんと昔のことですね」

若いあなたがどうしてそんなことを、という響きが言葉の裏にある。それには応えず、七緒はバッグの中からハンカチ包みを取り出した。卓袱台《ちゃぶだい》の上において、ゆっくりと包みを解き、中身を綾に見せる。その間も胸の中で必死に言葉を探している。

「これは？」

「見覚えがありませんか。かなり昔に外科手術に使われていた、プレートとビスだそうです。ある人の大腿骨に埋め込まれていました」

みるみるうちに、綾の小さな顔が歪んで崩れた。どう言葉を取り繕《つくろ》おうと、今は話すべき真実はひとつしかないのだと、七緒は悟った。草魚が死の直前まで書き残した句帳のページを捲り、七緒はここまでの道のりを、

「片岡草魚さんという俳句の会の仲間が、先月、他界いたしました」

という言葉から語りはじめた。

ところが、片岡という名前は偽名であったこと、名前はおろか本籍地も偽のものであった経緯を話した。しかし草魚が、自分にだけはふと長府のことを漏らしていたこ

と。せめて彼の遺骨から拾いあげたこの金属片を、故郷に帰そうとこの町へやってきて、長府の大火のことを知った、と。

自分と草魚がただ一度だけ、体の関係を結んだ事実だけは、言葉の外においた。

目の前の綾がなんの反応も示さないから、七緒がひとりで喋《しゃべ》り続けるしかない。喋り続けなければ張り詰めた空気に押し潰《つぶ》されてしまいそうな、咽をかきむしられるような長い話が、

「草魚さん、こんな句を残しています。

人のいぬ道選びて繰り返すその町の名

私、どうしても草魚さんを故郷に帰してあげたかったのです」

という言葉で締めくくられた。湯呑みを口に運ぶと、すっかり冷えた緑茶が喉に優しい。

「綾さん」と言うより早く、老婦人がつっと立ち上がって、仏壇の前に座った。引き出しからなにかの紙片を取り出し、卓袱台の手帳の横に並べた。葉書である。一枚、二枚、三枚と数を確かめるように、魚澄綾の手が葉書を並べる。

「あの……」

葉書の表には『下関市長府×××二─十三　魚澄　綾様』とあるものの、差出人の名はない。そればかりか、裏を返してみても文字はひとつもない。二十枚あまりの葉書すべて同じだ。違っているのはスタンプポジションに押された消印と、それぞれの葉書に染み付いた汚れ具合のみだ。

一枚目の葉書の消印には『宮崎・26・3・11』とあった。二枚目が『松山・29・6・2』、三枚目『尼ケ崎《あまさき》・31・2・9』、四枚目『苫小牧《とまこまい》西・36・11・15』。

すべて魚澄綾にあてられた無言の葉書なのである。しかも絵葉書でもなんでもない、普通の官製葉書。

白紙の裏面が何事かを語ろうとしている。白い面であるべき無言の葉書が薄くクリーム色をおび、やがて茶色の迷彩模様を背負わねばならないほどの、長い流浪の痕跡。無言であるがゆえに、一層、厳しく、救いようのないものに思われた。

最後の葉書に押された『新座・3・12・21』の消印を見るまでもなく、七緒は差出人の名を思い浮かべることができる。

「草魚さんですね、いえ草樹さん。あなたの弟さんの放浪の軌跡がこれなのですね」

うなずくこともせず、綾がポツリポツリと話をはじめた。

「火事で焼けだされた私が、長府に戻ってきたのは昭和二十五年、父が亡くなってすぐのことでした。家屋敷こそなくなりましたが、幸いなことに資産がかなり残っていましたから、この跡地に家を建てることができたんです。町の人は皆、親切でした。それはそうでしょう。父は町のためにずいぶんと尽力しましたし、なによりあの火事の火元がうちであるとは誰も知らんかったのですから」

――やはり……。

「公に火元とされる富樫氏には、相当の金額を渡されたのですね」

男が、晩年を民間の豪華な養老院で過ごしたという話を聞いて、間もなくこの事を推理した。

「出火の折に父はおらず、私は妹の看病に疲れてうたた寝をしていました。はっと気がついたときにはもう、部屋は煙でいっぱいじゃったのですよ。私は無我夢中で表に飛び出し、それからは何がどうなったものやら……。弟は行方がわからんようになり、それもおおかた炎に捲《ま》かれたんじゃろうと諦《あきら》めました。冷たいようですが、戦争が終ったばかりで、人が死ぬという事に誰もが馴れ過ぎちょりました。富樫さんは自分が出火元になると言うて聞きませんでした。あの人は若い時分から父に世話になっていたものじゃから、ここで恩返しのひとつもでけんようなら、死んだほうがマシじやと言い張りましてね。それに……その、父がまた自尊心のえらく強い人じゃったから……」

言い澱《よど》む綾を見ながら、七緒は別の事を考えていた。

――ああ、草魚さんと同じ言葉、同じイントネーションだ。

なつかしさが噴き上がる。

「そこへ葉書が届きました。火事から三年が過ぎ、この家に落ち着いてすぐの事です。見覚えのある文字のおかげで、すぐに草樹じゃとわかりました。本当に驚きました。なにも書かれていなくても『姉さん、僕は生きちょるよ』と言っているのがわかりましたよ。

だからといって、私になにができたでしょう。とっくに死んだ事になっている草樹が、生きて長府に戻れば『なぜ？』と問う人がいるにちがいありません。

私はね、この町以外の場所では生きてゆくことのでけん人間なのですよ。あの大火が、本当は草樹が起こしたものじゃと知れれば、それがたとえ今でも、私は長府に住み続けることはできません。

法律では時効といって、時が経《た》てば罪がなくなると決まっちょるそうですね。けれど、こうした田舎の町に時効はないんですよ。ましてや町の大半を焼き、今もなにかの拍子に話が飛び出すような大事件であれば、なおさらでしょう。

私は口をつぐむことにしました。自分がこの町で生きたいばかりに、たったひとり生き残った肉親を生きながら死人にしてしまうたんですよ。

草樹の、それからの人生がどれほど苦いものじゃったかは、想像がつきます。きっと自分に戸籍がないことが周囲にバレそうになると、次の町へと流れたんではないでしょうか。ひとつの町を出て、違う町にたどりつく度に、草樹は同じ葉書を寄越しました。宛先以外にはなにも書いていない葉書です。

宮崎、松山、大阪、北海道。鹿児島、出雲《いずも》から長岡《ながおか》、青森。けれど一度だってお金が欲しいとか、長府に帰りたいとか書くことなく、淡々と自分の居場所を知らせてきたのですよ。

そのうちでした。白い書面から聞こえる言葉が『まだ生きちょるよ』から『まだ死ねんでおるよ』と変わったのは。

気がつけば私は六十歳を超え、草樹でさえ、父親の享年を遥かに上回る歳になっちょりました。五年前に埼玉県からの葉書を受け取ったときには、よほど住所を調べて、帰ってきてはどうかと言ってやろうか、とも思いました。四十年も五十年も経てば顔形だって変わっているでしょう。肉親の私にさえわからないほどなら……。

でもできんかった！　七緒さん、あなたは集童場で見かけた父の写真と、年を取った草樹がそっくりじゃったと仰言いました。私も同じことを考えたんですよ。父が故郷に名を残す人物であり続ける限り、その顔が人様の記憶にある限り、私は草樹を長府に呼び戻すことができんかったのですよ。

そうして、心の中で足踏みをするうちに、こんなことになってしもうたんです。ずいぶんと、ひどい姉じゃとお思いでしょうね。

人のいぬ道選びて繰り返すその町の名

ですか。草樹は哀しい句を詠んだものですね。きっと私を恨んだでしょうね。ありがとう、七緒さん。よう草樹を連れて帰ってくれました。これでようやく私は、あれに詫《わ》びの言葉を……」

かつて草樹の体の一部であったプレートとビス、最後の言葉を絞り尽くした句帳を、綾は抱きしめたまま離さない。その姿に一礼して、七緒はそっと席を立った。

——これで草魚さんの旅は終った。

だが、自分の旅までここで終えていいのだろうか。本当にいいのか、本当に、と何度も自らに問いかけ、七緒は複雑な表情で駅へと向かった。

夕暮れの薄闇に、なにか強烈な花の匂いが感じられた。

5

「お帰りなさい、大変でしたね」

工藤がピルスナーグラスに注いだビールを勧めながら、にこやかに笑った。帰ってきたと電話で告げると、「こちらもお話ししたい事がありますから」と、わざわざ休日の店を開けてくれたのだ。提灯はつけていない。店には七緒と工藤、そして紫雲律の長峰がいるばかりだ。

「草魚さん、つらい人生を送っていたんだねェ」

と言ったのは長峰だ。七緒が「句帳を綾さんの元に残してよかったでしょうか」と尋ねると、

「それ以上の行き先は考えられない」

と、しみじみ笑った。

「なにも書いていない葉書ですか。切ないメッセージですね」

と、工藤。

「それにしても七緒ちゃんは優しい人だね」

「急にどうしたんですか、長峰さん。今回の事は単なるおせっかいで」

「そうじゃなくて、さ。一番大切なところを綾さんに問いつめないで帰ってきたでしょう。ほら、そうやってすぐに顔に出る」

「え……いえ」

「どうして草魚さんは、火事など起こしてしまったのか」

「それは単に不注意で」

「そんなことはないよね。僕にだって、話を聞いただけでわかったもの。現地にいたキミがわからないはずがない。しかしその秘密を、綾さんが頑なに守ろうとしたからこそ、七緒ちゃんも敢《あ》えて問いつめなかった」

それまで二人の話を聞いていた工藤が、なにげない口調で、

「やはりコレラですか」

と、つぶやいた。七緒はポカンと口を開けた。いったいこの人の頭の中は、どうなっているのか。

「話の中で腑《ふ》に落ちないことがありました。出火直後、綾さんは、どうして看病中の

妹さんを置き去りにしたのだろうか、この点です。そして火事の前に流行していたコレラの話、プライドの高いお父上の話を総合すると、ひとつの物語が浮かんできます」

工藤の言葉を七緒が引き継いだ。

「私もそう思いました。きっと妹さんがコレラに感染していたのだ、と。ところが医師として大変にプライドの高かった草樹さんの父親は、その事実を表に出さずに療養させていたのではないでしょうか」

「そして、妹さんは亡くなってしまう」

「当時のことですから、土葬だったのでしょう。たまたま帰郷中だった草魚さんは、妹の死を知って愕然《がくぜん》とした事でしょう。とにかく土葬だけは避けなければならない。再びコレラが蔓延《まんえん》する事を防ぐためにも、どうしても遺体を焼いてしまう必要があった、と」

「家を一軒、灰にしてしまえばすむと思ったところが、思いがけなく火が広がり、数人の死者まで出してしまった」

だから、と七緒は口唇をかんだ。

「草魚さんは、自分も死んだことにして長府を出るしかなかったんじゃないでしょう燃え盛る火を、町を、茫然《ぼうぜん》と眺める若い草魚の姿が、七緒の胸に浮かぶ。それが、草魚が故郷を見た最後だったのだろう。

長峰がビールをひと口、飲んで、

「出火当時、綾さんは家にいたのだから、すべての事情を知らないはずがない。だからこそ、出火の原因にまで話が及ばないよう、草魚さんの葉書を見せて話を逸《そ》らせたのだろうよ」

「私には……どうしてもあれ以上、綾さんを苦しめることができませんでした」

「そこが、優しさなんですよ。キミの」

そういえば、と七緒は言葉を区切った。

「マスター、例の句帳の件はどうなりましたか」

工藤はなにかを皿に盛りつけようとしている。

「小鯛をワインビネガーと昆布でしめてみました。すぐに、明日のお通しに、と思っていたのですがね」

と振り返った。

「句帳がどうしたのかね」

と長峰。そこで七緒が事の概略を手際良く説明した。

「確かに……句帳の中に桜が咲いたという文があったね。それと草魚さんのアパートのすぐ隣で発見された若い女性の死体と、どうつながるのだろう」

工藤が、醬油の小皿を二人の前において、言葉を選ぶように話を始めた。

「新聞でしたね、『奇跡の花の下で』と書いたのは。けれど私という人間はひどい現実家でして、そう簡単に奇跡と言われても納得できない性分なのです。季節を先取りしたように片岡さん、私たちだけはこの名前で通して構いませんね。彼の部屋で桜が咲いたとしたら、奇跡が起きたと信じるよりは、別の要因があったのでは、とつい考えてしまいます。

三月の後半は大変に寒い日が続きました。幹から切り取ってグラスにさした桜が、暖房ひとつない部屋で周囲よりも早く花を咲かせるなんて事が、自然に起き得るのか。まして草魚さんの部屋は、窓に面した方向のすぐ隣にマンションが建っていて、日当りも良くはなかった。

そう考えながら片岡さんのアパートの近くまで行ってみると、すぐ隣のマンションでも変死体が発見されていた事件を知りました。飯島さんにはお話ししましたね。片岡さんのアパートは」

工藤がセカンドバッグから東京都の地図を取り出して見せた。

「ここです。片岡さんのアパートは埼玉県の新座市。ところがすぐ隣のマンションは東京都保谷市です。二つの建物は実に微妙なラインで、県境上にあったのですよ」

「当然ながら警察の管轄も違うし、第一、草魚さんは不審な点がなにひとつない病死だったからね。二つの遺体をつないで考えてみる人間はいなかった、か」

長峰が好奇心を膨《ふく》らませるように言った。

「実際にアパートまで行ってみると、もっと不思議なことがありました。片岡さんの部屋とマンションの部屋とは、実にベランダを隔てて、完全に隣り合わせていたのです」

「草魚さんの日記の中にエアコンの室外機のことが！」

七緒の声に、工藤がにっこりと笑って応えた。

「窓辺に置いた桜の枝が、季節よりも早く花を咲かせたのは、それだけ周囲の気温が上がっていたからではないか。ではどうして気温は上がったのか？　窓の外には隣のマンションの室外機があります。実際、よく設置が許可されたと思うほど、室外機は片岡さんの部屋の窓のすぐ近くにありました。ここから温風が吹き続けたなら、窓ガラス一枚隔てたところにある桜の枝が開花しても不思議ではありません」

「けれど……それっておかしくありませんか。室外機から温風が吹き出すということは、部屋の中ではクーラーが作動していたことになります」

「その通りです。三月、しかも寒日が続く中でクーラーをつける馬鹿はいません。片岡さんが日記に『窓際の桜に小さき花つく（三月二十九日）』と書いた日の最高気温は八度です。翌日が九度、翌々日が八度で、文字通り真冬並みの寒さが続いていました。ご存じでしょうか。エアコンのクーラーは一般に室内の温度が十八度を超えないと作動しないのです」

「それでは、問題の部屋でクーラーがついていたという推理は成り立たないね」

と、長峰。

「室温が十八度を超えていればいいのです。私、管理人に聞いてみました。すると部屋には石油ファンヒーターがあったと、教えてくれましたよ」

「まさか、石油ファンヒーターで部屋を温めながら、同時にクーラーを？　どうしてそんな……」

「もちろん、部屋の主であり、被害者でもある女性はそんなことはしないでしょう。とすれば犯人以外には、この奇妙な行為の実行者は考えられません。

新聞によれば、彼女は部屋にいる所を強盗に襲われたのでは、ということですが、果たして犯人の意図はどこにあるのでしょう。犯行時間をごまかすには室温を変えるのが一番ですが、それにしても二つの相反する機械を使う理由にはなりません。

そのとき、クーラーのもうひとつの機能に気がつきました。つまり強力な除湿機能に。クーラーをつけっぱなしにしておくと、ひと晩でバケツ一杯分もの湿度を取り去ってくれます。そのために喉を痛めるという話を、よく聞きますね。では犯人はどうして除湿の必要があったのでしょうか」

「もしかしたら、死体そのものが濡れていたと？」

「すばらしい推理です！　草魚さんの日記を見ると、三月二十五日から降り始めた雨は二十八日まで降り続き、そして翌二十九日には被害者の遺体が発見されています。この日、草魚さんの窓では桜が咲きました。つまり二十八日、相当に長い時間にわたって吹きつけられた温風が、この小さな奇跡を呼んだのではありませんか」

そう言われても七緒にはピンと来ない。

「犯行がもし、二十八日に部屋の中ではなく、外で行なわれたとしたら、どうなるでしょう。もちろん遺体はひどく濡れるでしょう。そして、被害者の両足が不自由で、ほとんど外出することのない人であったとすれば」

「必ず付き添いの人がいる！　それじゃあ犯人は彼女だったのですか」

工藤が大きくうなずいた。

「どうしてそのような結果になったのか、私に知る術《すべ》はありませんが」

ああ、と七緒は納得した。犯行後に彼女はとんでもないミスに気付いたことだろう。ずぶ濡れの遺体は、犯行現場に付き添いである自分がいたことの証明に他ならない。

「被害者が眠っているように見せかけ、車椅子ごと遺体を部屋に移しただけでは、犯人には不十分でした。なぜなら自分は、翌朝も部屋を訪ねて、そこではじめて冷たくなった被害者を発見する役目を果たさねばなりません。三月の気温と湿度では、それまでに遺体が自然乾燥しないのは確実でした」

「きっと遺体は、陽が落ちるまで表のどこかに隠されていたのではないかな。硬直が始まって、服を着換えさせられなかったのだよ」

と、長峰が医者らしい意見を述べて、「人はいざとなったら悪魔にでもなんでも、なれる動物だね」とつけ加えた。

それは草魚にしたところで例外ではない、と七緒は思う。不幸にして病死した妹の遺体を前に、彼は悪魔の精神力でもって、それを焼却しようとしたのだから。胸にわだかまっていたものが熱く溶けた。

今度こそ、本当に旅の終りを感じた。

涙を流すのが嫌で、奥歯をグイとかんで引き締めた自分の顔は、さぞみっともないにちがいない。

「それにしても片岡さん。実はどうしてもあの方にイメージが重なる歌人がいるのですが」

工藤が言った。

「きっと私が頭に浮かべている歌人と同じだな。七緒ちゃんもわかるだろう」

長峰の言葉にうなずいた七緒の口から、自然にその歌人の歌がこぼれる。

願はくは花の下《もと》にて春死なむ
そのきさらぎの望月《もちづき》のころ
西行

(注)この物語は史実として長府大火があった事以外、すべて作者のフィクショ

ンです。

また作中の句は自作ですが、一部、種田山頭火と木村緑平の句を参考にしました。

家族写真

新玉川線三軒茶屋駅の表に出ると、十二月にふさわしいよく冷えた空気が、出迎えてくれた。

歩道の脇に身を寄せ、腫《は》れぼったい目頭《めがしら》を人差し指と親指で押さえると、夜の町を彩る種々の灯りが目の奥深くに凝縮して、砕けた。顎へとずらした掌《てのひら》がざらりとした感触をとらえ、二度三度と撫《な》で回すうちに、なんだか馬鹿馬鹿しい気分になって、野田克弥《かつや》はふんと鼻を鳴らした。外した眼鏡を掛けなおすことなく、背広の内ポケットにしまってそのまま歩くことにした。

――三日ぶりの帰宅か。

もう一度、ふんと鼻を鳴らしたのは、事務所を出る間際に、部下のひとりが吐き出すように言った言葉を思い出したからだ。

『オーバーワークですよ。これ以上はとても付き合いきれません』

だれも付き合ってほしいと言ったわけではない。ただし上司である自分が帰らなければ、部下も帰ることができないことは十分にわかってはいたが。

――いいじゃないか。俺がこんなにも苦しんでいるんだ。少しぐらいは付き合ってくれても。

その「少し」が事務所に二泊三日となった。

駅を背中にして、右手の真新しい巨大ビルを見ながら世田谷《せたがや》通りを進む。ついこの間までビル全体がシートに包まれていた。全貌を見るのは初めてのことである。商店街から一本道を外れると、とたんに道のそこここに、闇が淀《よど》んでいるのがわかる。その向こうに、ぽってりとした等身大の白い光が見えた。胴の部分に気持ちの良いのびやかな文字で「香菜里屋」と書かれた白い提灯である。

焼き杉造りのドアを開けると、すぐに「いらっしゃいませ」という声が野田を迎えた。カウンターの向こうに、いつもの深紅のエプロンをつけたこの店の店主、工藤の顔を見付けると、わけもなく嬉しくなった。胸のなかに居座った氷の固まりが、すっと消えるようだ。もっとも、それも店を出るまでのことで、家に戻れば、その寒々とした空気にさらされた。とたんに、胸には新たな氷柱《つらら》が成長することは、十分に承知している。それでも週に何度かはこの店に足を向けないではいられない。

同居していた女が短い手紙を残しただけで出ていって以来、ここ数ヵ月ですっかりと身についてしまった癖である。

野田の顔を見るなり、工藤が一瞬驚いた顔になり、そして表情を崩して「今日もお疲れですね」と言いながら、熱いおしぼりをテーブルに置いた。「ちょうどよかった」とも言った気がするが、あるいはちがう言葉であったかもしれなかった。

おしぼりを顔に当てると、皮膚の下で固まっていた脂肪が溶け、活性化する気がした。ようやく、口を歪めてでも表情を作ることが可能になった。

「どうされます？」

工藤の問い掛けに、

「少し度数の強いものを」

「大丈夫ですか」

「少し徹夜が続いただけだ。今日はアルコールを入れてぐっすりと眠りたい」

そんな短い会話をかわすと、工藤は四つのビアサーバーのいちばん奥の口金に、ピルスナーグラスをあてた。この店にはアルコール度数のちがうビールが四種類置いてある。中でも一番度数の高いものを、工藤がテーブルに置いた。飲み慣れたビールに比べてずっと金の色合いが強い、見ているだけで引き込まれそうなグラスの中身に、し唇をつけた。まず冷たさ、次に発泡性飲料独特の酸味。歯茎《はぐき》にそれらが交じって、しみた。うまいという代わりに、ため息がこぼれ落ちた。

「野田さんは食べられないものがありましたか」と、工藤が問う。

「海鼠《なまこ》とレバー以外は大丈夫だ」

「そうですか、本当にちょうどよかった。今日はいいものが入っているんです」

日頃もビアバーにしておくにはもったいないほどのメニューを出すこの店だが、カウンターのなかの男がこう言うときは、決して人を裏切らない。そのことは、数ヵ月、店に通うまでもなく、野田の味覚が真っ先に覚えた店の印象のひとつである。

「任せるよ」

「では、十五分ほどお待ちください。せっかくの材料が入ったのに店がこの調子ですから、少し腐っていたんです」

そういって工藤が厨房《ちゅうぼう》へと消えたのを見送り、改めて店内を見回すと、客は自分を除いてわずかに二人。カウンターで手持ち無沙汰に新聞を読んでいる男と、その隣で頬杖《ほおづえ》をついてピルスナーグラスを眺めている男、のみである。確か新聞を読んでいる男が東山《ひがしやま》、隣が北とか呼ばれていなかったか。どちらかが、渋谷のセンター街で占い師をしているという話を、少し前に耳の横で聞き流した憶えがあった。

二人の男がチョコンと頭を下げるのへ、同じあいさつを返すと、まもなく工藤が盛大に湯気をあげる平皿を持ってきた。平皿と見えたのは、帆たての貝殻である。それも普通の大きさではない。プロレスラーの掌を、さらに拡大したといっても過言ではない大きさの帆たての貝殻である。その縁まで澄んだスープが満たされ、ところどころに白い身が透かし見える。そして細長い身が幾つか。スープに浮いた油膜から、バターの香りが強引なほどの勢いで鼻孔に攻め入ってくる。

「三年ものの帆たてだそうですよ」

そういわれても、野田には返事をすることができなかった。

「コキールというよりも『小鍋だて』と、言いたいところです。生きたままの帆たてを貝殻ごと使ってみました。味は酒と醬油のみ、それにバターを仕上げに少しだけ。贅沢《ぜいたく》でしょ」

どうぞ、熱いうちにと薦《すす》められて、ようやく野田は皿に箸をつけた。

「どうですか」と、工藤が嬉しそうな声で尋ねても、正直なところ野田には答えようがなかった。ひとつには徹夜続きで味覚が思ったよりもぼやけているせいだ。舌先にビニール皮膜でもかけられたように、味がどこか遠い所に感じられる。ビールで口内を洗って箸をすすめると、貝特有の旨味《うまみ》がずっと濃くなった。わずかに赤みのかかった身を口に入れると、それまでの繊維質の歯ざわりとは別に、今度はねっとりとしたペースト感が、それ自体の旨味を主張する。

体全体で、うまいと思った。

睡眠不足と煙草の吸いすぎで、食欲などどこか深くにしまいこまれているものとばかり思っていたが、ビールが思いがけない速度でなくなり、貝の身が気持ち良いほど潔く喉《のど》を通り過ぎてゆく。

皿に残ったスープに浅ましいかなと思いながらも口をつけ、最後の一滴を飲み干してからおもむろにビールのお代わりを注文した。

「ありがとうございます。一番おいしいところまで味わっていただいて」と工藤が新しいグラスを持ってくると、カウンターの向こうの男が、新聞を読む隣席に向かって

「だから、スープまで飲んでいいんじゃないかって、ぼくが言ったじゃないですか」

とささやく声が聞こえた。

「ここ数日の間で、やっと食物らしい食物を口に入れた。本当においしかったよ、ありがとう」

「どういたしまして。そんなにお仕事が忙しいのですか」

「ウチの部署は仕事が集中するんだ。暇なときは暇でね」

今はちがう。自分に暇な時間を与えないよう、無理に他の部署の仕事まで取ってきているのだとは、言わなかった。まして、おかげさまで部下の間で自分の評価は、マイナス成長を更新しつづけているなどと、自虐のジョークを言う気にもなれない。

「昨日、冷蔵の便で届いた帆たてです。知人が送ってくれまして」

カウンターの向こうの男が、新聞を折り畳んで、話に加わった。

「そんな友人がいるとは羨《うらや》ましい」

「いえ、友人ではありません。単なる知人……」

「ただの知人では、こんなものをわざわざ送ってきたりはしないだろう」

「そうですね、少しだけ奇妙な関わりがありました。今から半年ほど前のことですが」

工藤が、カウンターのなかで腕を組み、首を小さく傾けた。話して良いものか否か、考え込んでいるその仕草が、赤いエプロンに刺繍《ししゅう》されたヨークシャーテリアに実によく似ている。わずかな時間、店の動きがすべて止まって感じられたのは、世間から焼き杉造りのドアを一歩隔てたこの場所が、工藤を中心にして回る世界であるからに他ならない。客も時間も、である。ただしこの盟主は、そうした権利を持っていることを決してひけらかそうとはしない。あるいは意識すらしていないのかもしれない。人はただ、翻弄《ほんろう》されていることも知らず、ここで気持ちの良い時間を過ごすのみである。

工藤が、酒棚の引き出しのひとつを開けて一枚の紙を取り出した。

「今年のはじめになりますが、こんな新聞の記事があったことを覚えておいでですか」

その言葉に誘われるように、カウンターの二人の客が席を移動させて、野田の隣にやってきた。

「これはN新聞の地方版だね。そのコピーか。とすると……なんだイバちゃんの書いた記事なのかい」

先程まで新聞を読んでいた男が、野田の知らない、きっと常連のひとりであろう人物の名を口にした。工藤がそれにうなずく。「東山さんのおっしゃるとおりです」と言ったのを聞いて、この男がやはり東山、するともうひとりが北であることがわかった。

『メッセージ？　ある家族写真の謎』

と書かれた見出しの上の所に「街の顔・第十六回」とある。東京の町の片隅の話題を紹介する、その連載コラムのことは野田も知っていた。ただしコピーの記事のことは知らない。記事の左上に写真があった。どこか家のなかで撮ったと見られる、家族の集合写真である。家族の衣装とこたつがあるところを見ると、季節は冬だろう。父親を中心にして、その隣に高校生とおぼしき少女。反対側に中学生らしい少年と、母親らしい人物が写っている。

その写真を一瞥《いちべつ》すると野田は、話に加わることをやめた。視線をビアグラスに落として、残りの液体を飲み干したのは、工藤の話に、自分が立ち入るべきではないことは明らかだったからだ。

「ふうん。家族写真ねえ、これがいったい……」

北が、小声で記事を読みはじめた。

謎の発端は、地下鉄銀座線の赤坂見附駅から始まると、記事にはあった。

この駅の改札口の片隅に、本棚が置いてある。本棚には文庫本を主としてミステリ、SF、時代小説、経済小説などが、雑然と並んでいる。これらは市民の寄付によるもので、駅を通過する人々が自由に借りて行くことができる。貸し出しも自由、返却も自由というこの本棚は、基本的に善意によって成り立っている。とはいえ、善意は時に無責任を招いて、貸し出された書籍が返ってこないこともしばしばであるという。それでもこの本棚が撤去されないのは、失われてゆく書籍の数よりも、新たな善意の寄付が勝っているからだろう。

記事を書いた記者は、ここで奇妙なものを見つけた。なにげなく立ち寄った駅の本棚で、記者は山本周五郎の小説を一冊借り受けた。ごった返す電車の中で読むための文庫を、一冊、二冊と借りて行くのが彼の習慣となっていて、その日も習慣どおりに本棚に手をのばしたのである。

表ではちょうどひどい雨が降っていたという。他人の傘の雫《しずく》が、衣服にかかるのを気にしながら文庫本を開くと、一枚の写真がこぼれ落ちた。それが、問題の家族写真であった。もっとも、その時すぐにおかしいと感じたわけではない。おおかたありあわせの写真を栞代《しおり》わりに使ったのだろうと、最初は思ったのだそうだ。本当の意味で、写真の謎に気が付いたのは三日後のことである。

読み終った本を返し、次は誰の本にしようかと、彼は迷った。山本周五郎は好きな作家だが、何冊も続けて読むには少々しんどい。隆慶一郎《りゅうけいいちろう》は借りたが最後、今夜眠れなくなりそうで恐いし、吉川英治《えいじ》は長すぎる。ようやく選んだ池波正太郎《いけなみしょうたろう》の本に手をのばし、棚から抜き取ったときに、またはらりとこぼれ落ちたものがあった。

――写真だ。

それも山本周五郎の本に挿《はさ》んであったものと同じ、家族写真である。

――しかもモノクロ写真とは。

ここにいたって記者の本能が、反射的に何事かの匂いを嗅《か》ぎ取った。彼は片っ端から棚の本を取り出し、写真が入っているか否かを確かめはじめたのである。

新本格派と呼ばれる若い作家の推理小説、なし。経済小説、なし。SF、やはりなし。どうやら写真は、時代小説の、しかも比較的古い作家のものに限って挿み込まれているようであった。その数三十枚。ただし、この写真がいつ挿み込まれたものかはわからない。同じ作家の本でも、写真があるものとそうでないものが交じっているのは、幾人かの手を経るうちに、失われてしまったのだろう。

――いったい誰が、どんな目的で。

新聞記者でなくても、当然わき上がる疑問である。ただ、誰かが誰かに対して、何事かの意志をもってこの写真を挿んだことには疑う余地はない。とすれば、これはある種のメッセージなのだ。

裏を返してみても、言葉はない。メッセージはモノクロの画面のなかに、にこやかに笑っている四人の家族の写真、そのものが語るべき言葉なのである。モノクロ写真であるということは、もしかしたら写真に封じ込められた時間と現在の間には、いくばくかの時の壁が存在してるのかもしれない。

『たぶん、見るべきものが見れば、この写真は大きな意味を持つメッセージになっているのだろう。それを解きあかすことは自分にはできないけれど、写真を眺めているうちに胸にわき上がる幾つかの物語が、迂回路《うかいろ》の見えないこの巨大な街のため息のように思われて、少し切ない』

記事は、こう締め括《くく》られていた。

「はあ……こんなことがあったんだ」

記事を読み終えると、北がしきりと感心したようにうなずいたり、首を横に振ったりした。読み終えたコピーをこちらに回そうとするのを、野田は手で「結構です」と合図して差し戻した。

「この続きは、あるの？」

と、東山が言う。

「ええ、思わぬ反響を呼んだようです。この記事を書いた記者の元に、さまざまな投書が寄せられたと、本人が言っていましたから」

「投書？」

「そのほとんどは、本に挿んであった写真に対する、読者の推理だったようです」

と、工藤がもう一枚、コピーを取り出そうとした。それを止めたのは北だった。

「ちょっと待って。ぼくに考えさせてほしい」

「なんだ、また悪い癖が始まったらしい」

「そういいながら東山さんだって、メモ帳なんて取り出して、なにを始めるつもりだったんですか」

「ま、少し気になった点が幾つかあって」

「結局、同じことを考えているんじゃないですか」

二人が同時にお代わりのビールを注文すると、工藤は野田の所にもやってきて、ほとんど空《から》になったグラスをさして「いかがしますか」と尋ねた。

「どうしようかな。少し疲れたよ、できればこのまま寝てしまいたい気もするけれど」

「そうですね、顔色もよくありませんね」

「もう一杯だけもらおうか。売り上げに協力しないと。せっかくおいしいものを食べさせてもらったことだし」

北と東山のやりとりに、うずくような興味を覚えたのも事実である。どうでもいいじゃないかという声と、いや、最後まで聞いてみようという声が、かわりばんこに聞こえる。そんな気がして、ポケットから眼鏡を出して、かけた。

「では度数の弱いものを」と、工藤が別のグラスを取り出し、先程とはちがった、もっと淡い色合いのビールを注いだ。

「ちょっとルーペがあったら貸してくれませんか。どうしても気になることが」と、北が唇の周りに白い泡を飾って言った。工藤が、レジスターのしたの引き出しから、拡大鏡を取り出して北に渡した。三十を幾つか過ぎた程度に見えるが、工藤という男の年齢は実はよくわからない。おやおや、もしかしたら思ったよりも実年齢は高いのかもしれないと、野田はふと思った。その思考を読んだように、工藤は、

「店は間接照明しかありませんので、少し細かい文字を読まなければならないときなど、これがあったほうが便利なんですよ」

と、笑った。

「やはりそうだ」

北が顔をあげた。どうやら目当てのものが見つかったらしい。細い目をいっそう細くして、今にも舌なめずりをせんばかりの、表情である。

「なにかわかりましたか」と聞くつもりで開きかけた唇を、野田はキュッと噛み締めた。代わりに、工藤が正確に同じ言葉を声にした。

「うん、ここなんだけれど」

北が、写真の一部を指差した。見ないつもりでも、北が指差すのでしかたなしに野田は、そちらに視線を移した。家族四人の肖像のうえのあたりである。左の壁に、神棚らしきものがあるのがわかる。ただし新聞に掲載された写真で、しかもそのままコピーである。細かい部分までは、確認のしようがない。工藤と東山も、北の指先に注目している。

「神棚の中央に、棒のようなものがあるのが、わかります？」

「そういわれてみれば、そのような……」

「どうしてそこで目を細めるの、東山さん。それはあなたの好きなビデオを見るときの目付きでしょうが」

「他人の私生活を、意味もなく暴《あば》きたてないように」

「それはそれとして。ねえ、神棚の棒のようなもの、わかってもらえた？」

「これはあれじゃないの。灯明《とうみよう》とか、樒《しきみ》とか」

「灯明も樒も普通は中央には置かないでしょう。それに樒は仏壇ではなかったかしらん」

「そうだっけ」

東山には東山の、別の考えがあるのか、返す言葉はどことなく投げ遣りに聞こえた。

「これはご神体ですよ。しかも他の地域ではほとんど見られないものではないかな」

北が、もう一口ビールを飲んだ。

「たぶん、ぼくの記憶に間違いがなければ、これは岩手県の遠野《とおの》地方に祭られる神様で『オシラ様』だと思う」

「オシラ様？」

「ええ、養蚕《ようさん》の神様ですよ。確か江戸時代の紀行作家で、菅江真澄《すがえますみ》という人が書いているのを読んだことがあるような気が……そうそう、桑の木《き》を伐って、東の枝を雄神、西の枝を雌神とし、その木にオセンダクと呼ばれるたくさんの布を重ねたものじゃなかったかと思う」

「なるほどねえ。そう言われてみれば、確かに棒に布をかぶせているように、見えなくもないな」

——岩手県……遠野……。

野田は、自分のグラスに口をつけた。工藤はと見ると、グラスを磨きながら北と東山の話に聞き入っている様子だった。

「となると、この写真は遠野のどこかで撮られたことになるのかなあ」

「たぶん、自宅でしょうね、この雰囲気だと」

「家の中で写真なんて撮るかね。旅館でならいざ知らず」

「たまたまカメラにフィルムが余っていたんじゃありませんか。現像する前にせっかくだから、家族全員で一枚ということは、十分に考えられるでしょう」

「それにしてもモノクロとはね」

「最近はやっているらしいですよ」

「よく、オシラ様なんて知っていたものだ」

「言ったでしょう。占いは高度な情報処理のひとつの方法論です。データベースは多いほどいい」

「よく言うよ。おおかた若い女性客に『あなたの悩み事は北に位置する場所で解決します。そこで出会う神様にお願いしなさい』とかなんとか言って騙《だま》すための予備知識だろう」

「騙す云々《うんぬん》は心外ですが、まあ、あたらずとも遠からずですね」

話しながら、北がなんどもうなずく。

「ペイさんよ。なにか思いついたことがありそうじゃないか」

「そうですね、これが遠野での写真であれば、ひとつのストーリーが浮かび上がります」

「おじさんに話してごらん。聞いてあげるから」

「では、その前にビールをもう一杯。東山さんにつけておいてください」

工藤が笑いながらうなずき、「これは私からです」と言って、真新しいグラスを北の前に置いた。

「そもそも、メッセージの大原則とはなんでしょうか。それは発信者と受信者の存在です。具体的な内容はともかく、それが文字であれ絵であれ写真であれ、はたまた暗号の形をとっていたとしても、この大原則だけは崩せるものではないのです」

「すごい論旨だな。あんたは1＋1＝2を説明するのに、原稿用紙何十枚もの大論文を書けるかもしれない」

東山の言葉を聞いて、野田は離婚した妻のことを唐突に思い出した。何事に対しても、明確な説明を付けなければ気の済まない女だった。それがいつしか無用の口論を家庭内に発生させ、子供のいない気楽さもあって、四十歳を目の前にして離婚した。

今となっては、そのことさえ記憶に遠い。

北が不満げな口調で話を続けた。

「最後までぼくの推理を聞きたいなら、おかしな所でチャチャを入れない。さて、この写真がメッセージであるとするなら、果たして誰が誰に宛てたものなのでしょうか。このことは新聞の記事でも追究されていましたね。そしてもうひとつ。どうして発信者は、このような手段をもちいたのでしょうか。このふたつの点が解明できるなら、この謎は解けたも同然でしょう。現代はまさに情報通信時代です。電話もあれば手紙もある、電報だってパソコン通信だって、宅配便だってあるんです。いざとなったら自分の足で受信者の所まで行って、メッセージを伝えることもできる」

「けれどこのメッセージの発信者は、そのいずれの方法もとらなかった、か。いいぞ、だんだん推理らしくなってきた」

「いずれの方法もとれなかったと考えるべきでしょう。なぜなら」

「受信者の居場所がわからなかった」

「そうやって東山さんは、おいしいところを取るんだものなあ。マスター、ビールをもう一杯。もちろん東山さんの奢《おご》りだからね」

「悪い、悪い。つい興奮してしまったんだ。工藤くん、ついでだからなにかおいしいものでも出してやってくれ。いやあ、ペイさんの口から、こんなに論旨明確な意見が飛び出そうとは、思いもしなかった」

工藤が東山の注文を受けて、奥の厨房に消えた。

「さて、料理ができあがる前に、続きを聞かせてもらおうか」

「そうですね。どうしてメッセージを伝えるべき相手の居所がわからなかったのか。これから先は推理というよりも想像にすぎないかもしれません。ただしまるっきりの的外《まとはず》れだとも思えないのですよ。オシラ様はさきほども言ったように、養蚕業の神さまです。とすれば、この家が養蚕業を営んでいる可能性はきわめて高い。いや、別に農業でもかまわないのですよ。問題はそれが岩手県であるということさえ、外さなければ。どちらも冬場は仕事があまりありません」

「そうか、出稼ぎ、か」

「ええ」と、北がうなずいた。

「ここ数年の不景気の度合いは加速するばかりですからね。出稼ぎにきていた人が、こちらで住所不定の浮浪者になってしまう例は、少なくないと聞いています。東京で仕事がないと、次の年の養蚕業なり、農業を続けるための資金のやり繰りがつかないということもあるでしょう。そうなると、仕事がないからといって、簡単に遠野に戻るわけにもいかない」

「つい、帰りそびれるという奴だ」

「もちろん家族は心配するでしょう。定宿《じょうやど》に連絡を取っても、そこは引き払っている。なんとか連絡を付けたいと願った家族が」

「そうか、父親は時代小説が好きだった。しかし宿さえ引き払ってしまった男が、新しい本など買えるはずもない。けれど赤坂見附駅構内にある、貸し出し自由の本棚なら利用するにちがいないと、思ったわけか。いつかきっと父親が、本を開くことと信じて、家族の写真を挿んでおいたのか」

「もちろん、大前提として父親の姿を赤坂周辺で見かけたという、噂のようなものがあったことでしょう」

「あるいは、赤坂見附にあるような本棚が、他の駅にもあるのかもしれないな」

「ああ、それも十分に考えられますね。東京中のそうした本棚を捜して、残らず写真をばらまいた可能性も、あります」

その時、工藤がセラミックの耐熱皿を、「かなり熱いですから、気をつけてくださいね」と言って持ってきた。見るとはなしに視線を向けると、なにかのグラタンのようだ。女性客がよく注文している、ジャーマンポテトのグラタン仕上げかもしれないと思った。

チーズの粘りをフォークに絡《から》め、それを口に入れて東山が一言。

「大外れ」

と言った。その言葉があまりに唐突で、しかもそっけないので、野田も北も最初はなにを言っているのかわからなかったほどだ。東山は視線をカウンターのなかに向けたまま、もう一度「大外れ」と、つぶやいた。

「そうだろう、工藤くん」

東山の視線が、工藤に対して釘《くぎ》づけになっていた。

「ちょっと東山さん、大外れってどういうことです。それはぼくの推理がまちがっているということですか」

「うん、まちがっている。というよりは、そのように仕向けられていたんだ」

「誰に！」

「もちろん、カウンターのなかでチェシャ猫みたく笑っている、人の悪い男にさ」

工藤は静かな表情をキープしたまま、いつのまにか取り出した自分専用のグラスにビールをついで、舐《な》めていた。

「ペイさんの推理はとても面白かったよ。確かに新聞記事を見ただけなら、ぼくも同じ結論を導きだしたかもしれない。けれどその推論には致命的な欠点があるんだ」

「それはなんです」

「この話の発端さ。まずは、殊勝にも工藤くんの所に活き帆たて貝を送ってくれた知人から話は始まったのだろう」

「あ、そうか」

「仮にペイさんの推論が正しいとして、その行き方知れずになった出稼ぎの男が、どうしてこの店に帆たて貝を送る理由がある？　確かに遠野のすぐ近くには、帆たて貝の養殖で知られる釜石《かまいし》がある。無事、故郷に戻った男が、世話になった人物にそれを送るのなら話はわかるが、少なくともそれはこの店ではない。どこにも接点がないのだから」

「接点か、そういえばそうですね」

「というよりは、むしろこの物語は男と香菜里屋との接点から始めなければならないんだ。ペイさんの言葉を借りるなら、それこそが大原則ということになるんじゃないかな」

「それを言うなら、写真の男、遠野からやってきた出稼ぎの父親がたまたまこの店にやってきてたという可能性も捨てきれないでしょう。さらにたまたま新聞の記事を読んでいたマスターが、その人に話し掛けたことがきっかけで、彼は無事、故郷に帰ることができた。これならば矛盾はないと思いますが」

「たまたまに、さらにたまたま、ねえ。事実は小説よりも奇なり、を連発するのはトリックの枯渇した推理小説作家だと、誰かが言っていたけれど。ここは決して高級店ではないけれど、少なくとも職も住所も不定の人物が酒を飲むことのできる店ではない」

ねえ、と東山が声をかけると、工藤は表情を崩して笑うのみだった。

「それに」と、東山が、これ以上の意地の悪さはないといったふうに唇を歪めて、「工藤くんはいつだって、肝腎の隠し球を私たちに見せない。それでいて人の推測をあれこれ引き出し、陰で笑っているんだから、性根《しょうね》が良くないと、わたしは思う」

工藤がグラスを持つ手を止めて、

「私は、それほど性悪《しょうわる》でしょうか」

「ああ、この店では一番の悪玉だ」

――本当にそうだ。

野田は、言葉にはせずに、胸の深いところでぽつりとつぶやいた。同じことを、離婚した妻が、野田に対して投げ付けたことがあった。自分の仕事が忙しい分、妻には家庭の内外で自由にふるまうことを許していたつもりだった。ある夫婦喧嘩のときだったか、そのことを口にすると、妻は顔を引きつらせて「どうしてあなたに許可を受けなきゃいけないの」と、叫んだ。はじめはその意味がわからなかった。妻が重ねて「妻が家の外に出るのに、どうして夫の許可が必要なの」そう言われて、野田は反論できなかった。それからすぐである。《あなたは妻に理解を示していると思い込んでいる分、一番たちが悪い》という短い手紙を残して、妻が出ていったのは。子供がいなかったことが、幸いであったのかそうでなかったのか、考えるゆとりはなかった。

野田は記憶をたどることを中断して、カウンターの内と外とで交わされる話に意識を傾けた。

工藤が柔らかい表情で尋ねる。

「どこがでしょう」

「もうとぼけるのはよしにしよう。先程はペイさんの推理が大外れだなんて失礼なことを言ったけれど、本当は部分部分ではかなり鋭いところをついていたんだ。たとえば出稼ぎにきたまま行方不明になった父親を、家族の誰かが探しにきたというくだり。私の予測では、写真に写っている娘ではないかと思っているが……。これはかなり正確に事実をついているのではないかな。それにもうひとつ。写真の男が、この店にきていたという推測も、いい線をついているはずさ」

「やだな、ついいましがた、偶然に頼りすぎていると腐《くさ》したばかりじゃないですか」

「それは、前提の問題なんだ」

「あるいは大原則の問題といいたいのでしょう」

「さらに言うなら、それらは工藤くんが握っている」

東山が、さきほどの新聞記事のコピーを取り上げた。

「この話は、どこかの誰かが店に送ってきた帆たて貝に端を発して、そしてこの新聞記事によって展開を見せた。ねえ工藤くん。キミは他の客にも、同じように話を持ちかけたのではないのか。最初は季節の話題か、旬《しゅん》の食物の話をして『そういえばこんな面白い記事を見かけたんですよ』とかなんとか言いながら記事のコピーを見せたんだ。しかも写真の男が同じ店内にいることを知ったうえで、だ」

「どういうことですか、それでは、ぼくの推測そのままじゃないですか」

と、北が言う。工藤はなにも言わない。

「だから、前提がちがうんだ。つまり、この新聞記事が本物か否かという、もっとも根本的な部分での前提がペイさんとはちがう」

「記事が、本物か否かって、まさか……」

「そうなんだ。この新聞記事のコピーは真っ赤な偽物だ。ぼくはN新聞を取っているし、このシリーズは好きでずっと読んでいるんだ。けれどこんな記事を読んだことは

性だって」

「それは証明にならないでしょう。東山さんは忙しい人だ。たまたま読み損ねた可能性だって」

「また、たまたまかい。でもね、私は少なくともこの記事がN新聞の文化部の記者であるイバちゃんが書いたものでないことだけは、完全に証明してみせるよ」

話が意外な展開を見せはじめても、野田はやはり別のことを考えていた。そのことが積極的に話に参加することを、野田にためらわせていた。

「この最後の部分を読んでごらん。『迂回路の見えないこの巨大な街のため息のように思われて』という、一節があるだろう」

「それがどうしましたか」

「新聞記者は決してこのような表現をしない」

「それは確かに、あまりに感傷的すぎるとも思いますけれど。ぼくは好きだな、記事の趣旨によくあった結末の付け方だと思います」

「そうじゃなくて」

多少いらついた東山の口調が、野田の口を開かせた。

「迂回だ」

「はい？」と、北が初めて会話に参加した野田の顔を見た。

「新聞記者は『迂回』とは書かない。彼らが書く場合は仮名交じり表記にしなければならないんですよ」

光沢を消したカウンターの面に野田が指で、『う回』と書いてみせると、東山が、小さく拍手をする仕草を見せた。

「大正解！　そのことに気が付いて、これは現役の新聞記者が書いたものではないし、万が一彼らがまちがって表記したとしても、新聞社にいる校閲係が、これを見逃すはずはない、と判断したわけだ。するとどうなるか、これは新聞からコラムのフォーマットだけを切り抜き、中身はワープロで字数と大きさを調整して写真と組み合わせ、切り貼りしたものを、さらにコピーしたものではないか、そう考えた。ちがうかね工藤くん」

北が、ぐいとグラスを飲み干して、やや乱暴な手つきでカウンターに置いた。

「降参です。少し飲みすぎたかな。話がまるでわからなくなってきた。こうなったらもう少し脳にアルコールを入れて、いっそ発想の逆転を……マスター、アルコールの一番強いものをお代わり」

「続きをどうぞ」と、野田は東山を促した。

「そうですね。新聞の記事が工藤くんの手になる捏造品《ねつぞうひん》となると、私は、たぶんこんなことがあったのではと、想像するんだ。一連の出来事が半年ほど前に端を発したとなると、ちょうどその頃なのだろう。写真に写っている家族の誰かがこの店にやってきて、この男を知らないかと、工藤くんに尋ねた。そう、男ははじめからここにいたんだよ。その理由については想像でしかものを言えないが、たとえば誰か他の女が東京でできてしまって、家族の前から姿を消したとか。ほら、ペイさんが言ったように、この不景気の世の中だ。なにか非合法の仕事に就いていて、家族と連絡を取るわけにいかなかったのかもしれない。いずれにせよ、男は決して住所不定の浮浪者などではないし、この家族写真が、砂漠で一本の針を捜すようなはかない希望にささえられて、赤坂見附駅の本棚に挿し込まれたのでもないと、私は信ずる」

「ではどうして、マスターはこんな新聞記事を？」

「だから言ったろう。今夜、私たちの前にこうして新聞記事のコピーを指し示したように、彼は半年前にも同じことをやったんだ。もちろん当の本人、連絡の途切れた父親が店にいるタイミングをはかって」

「本人に、ですか」

「別の客にと言ったはずだよ。困ったことに、この店にはそうした日常の謎を好む連中が揃っている。無論私やペイさんもその一部なんだが。そして今夜と同じような会話と推理が店に飛びかったことだろう。男の耳にも、当然会話は耳に入る。工藤くんはそこまで計算した上で、この計画をたてたんだ。ちがうかね？　キミが目標にした客は、どこに座っていたのだろう。テーブル席かい、それなら連れがいたことになるね。それともカウンターかい」

それまで黙って話を聞いていた工藤が、自分のグラスを置いて、少し首を傾《かし》げた。困ったような顔をしながらも言葉を選んで、

「お客さまは……カウンターに座っておいででした。それまでも、何度かお見えになっていたのですよ。いつもひとりで、ひどく淋しそうな顔で、ビールを二杯。それに簡単なつまみを注文して三十分程で、誰とも話をせずに帰ってしまうので、私の記憶に残っていました」

東山の推理が正しいとは言わずに、半ばつぶやくように言った。

「東北訛《なま》りを気にしていたんだろう。その訛りに気が付いて、他の誰かに『おや、故郷はどちらで』などと、聞かれるのが恐かったのさ」

「なるほどね」と北が応える。

「彼はありもしない新聞記事に自分のことが掲載されたと思い込み、家族に連絡をつ

けた。そうして無事に故郷に帰り、事情を知ったうえでそのことに感謝して店に地方の特産品を送ってきたというわけか」

「彼は帰るべき場所に帰ったのさ」

「店に訪ねてきたのは、誰でしょう」

「たぶん、娘さんだろう。どうしてそう思うのかって？　それは純粋に勘であるとしかいいようがない。たとえば奥さんであるとしようか。そうなると、その後の工藤くんの態度も、違ったことになったのではないかと思ったんだよ。もっと直接的に話をすることもできたはずじゃないか。新聞記事を捏造したり、その話を間接的に持ち掛けたりするところに、彼の気遣いを感じるんだよ。相談を受けた相手がよほど繊細で、傷つきやすい人物ではないか、そう考えると、写真のあの娘さんの姿が目に浮かぶ」

「やはりどこかで噂を聞いて、ですか」

「そりゃあ、遠野から出稼ぎにやってくる人は多い。この店で偶然に父親の姿を見かけ、そのことを故郷の家族に伝えたのかもしれないね」

工藤はうなずくこともせず、黙って厨房へと入って、まもなく三つの椀をもって戻ってきた。

「合鴨《あいがも》の良いものが入りまして、その余分な脂身《あぶらみ》で吸い物を作ってみました。白髪葱《しらがねぎ》を添えてありますから、意外にさっぱりとしていますよ。少しアルコールで舌が疲れたことでしょう」

 やや濃いめの味付けが舌を洗いながら、野田にしきりと「もう今夜は終わりにしよう」と、ささやくのがわかった。疲れが再び頭の芯によみがえって、鈍い痛みとなっている。そのくせ目蓋《まぶた》は少しも重くなく、このまま帰ってもしばらくはまだ寝付かれないことを教えている。

しきりと、あの家族の写真の部分部分が強調されて、記憶を横切る。

──帰るべき場所、か。

東山も北も、そうすべき場所を持っているのだろう。この店はしょせんは定期的に途中下車する場所でしかない。

「マスター、帰ります」

野田は工藤に告げた。支払いを済ませ、二人の客に向かって「お先に」と挨拶をして店を出るとき、工藤が自分に向かって深々と頭を下げる姿が目に入った。それにはなにも返さず、野田は逃げるように路地の暗がりをめざした。

――大外れだ。

さきほどの東山の言葉をそのまま思って、それからあたりを見回して今度は「大外れだ」と言葉にした。すると、我ながらひどい顔をしているにちがいない、自虐的な笑みが浮かんできた。

二年前、三十九歳で離婚したときには、半ば重い荷物を降ろして、楽になった気さえしたものだ。蘇《よみがえ》る青春などというつもりはなかったが、久々の自由を満喫できる日々が続いた。連休ともなると友人を誘って旅行に出掛け、気が向いたときに、気が向いた店で酒を飲む。そうした日々が永遠に続くのかと思うと、我知らず笑みを浮かべたこともあった。ところが日が経つにつれ、自由は重荷になり始めた。決定的になったのは、四十歳の誕生日を迎えた頃だった。自由は、独り身である自分に冷たい掌を押し当てるようになった。ひとりで部屋を出るとき、誰待つこともない部屋に帰るとき、着信のない留守番電話を見るとき、バスタブに浸《つ》かって独り言をつぶやく自分に気が付いたとき、自由が孤独に変わった瞬間から、野田のなかに別の感情が生まれた。

恐怖に限りなく似ていた。

――他の誰もが、みんな幸せな顔をしているようだ。

その思いは香菜里屋に通いはじめた今もしこりのように野田の奥深いところで、疼《うず》いている。

本当は、その顔の裏側にだれもが悲しみをしまいこんでいることが、わからない年齢ではなかった。けれど同時に、人の悲しみはそれぞれ自分にとってのみ、最悪であることも確信している。

「だから、こんなにも苦しい」

駅へと向かう道は、人通りも少ない。左に曲がればにぎやかな商店街に出るという十字路で、反対に足を向けた。二十分ばかり散歩する覚悟を決めれば、この道でも部屋に帰り着くことができる。

例の家族写真を思い浮かべた。

——北だって一度は言及したはずじゃないか。

もっと注意を払うべきは、写真がモノクロであったことだ。いまどきモノクロを使うのはプロカメラマンか、相当の経験を持つ写真愛好家。

——そして、女子高校生だ。

モノクロ仕様の使い捨てカメラは、彼女たちのバッグの必需品であると聞いたことがある。

「あの店に、行方不明になった父親を捜しにきた少女、か」

東山の推理に、工藤はイエスともノーとも答えなかった。ただ「その客はどこに座っていたの」と東山に聞かれたときだけ、その人物がカウンターで淋しそうにビールを飲んでいたことを語ったのみだ。もし彼が「父親はどこに座っていたの」と聞いたなら、工藤はなにも答えなかったにちがいない。きっと工藤とはそうした性格なのである。

――座っていたのは初老の男などではない。

「まるで逆だ」

少女が父親を捜しにきたのではない。カウンターで淋しそうにビールを飲む少女を、初老の父親が捜しにきたのである。

――そういえば彼女は、遠野から出てきたといっていたっけ。

野田には、半年ばかり前に起きた出来事がようやく理解できた。

胸のなかで、孤独にのたうち回った日々のことが生々しく再現された。

その頃、恐怖に近い感情を紛らすために時に年齢とは不相応な街で、なるべくけたたましい喧騒を肴《さかな》に酒を飲むようになっていた。

その時だった、少女と出会ったのは。酔った勢いもあったかもしれない。部屋に誘うと、意外にも彼女は素直についてきた。高校を卒業し、地元に就職が決まったものの、どうしても地方に埋もれることがいやで家を飛びだしたという。ていのよい家出少女であった。酔いの回った頭で、ずいぶん長いこと、彼女の話を聞いていた気がする。そして最後に彼女が「しばらく部屋にいてもいいかな」と申し出た時には、戸惑いながらも笑顔を浮かべて首を縦に振ったのである。

二十歳にもならないくせに、どういうわけか時代小説ばかりを読んでいた。一度そのことを聞くと、自分でも首を傾げながら「家にはこれしかなかったから」と答えるばかりだった。きっと父親の趣味をそのまま受け継いでしまったのだろう。

孤独からの解放が、これほどすばらしいことだとは思わなかった。そして同時に、少女が唐突に、本当に唐突に短い手紙を残したまま部屋から姿を消したときには、人の魂がこれほど脆《もろ》いものだと、初めて知らされた。その短いメッセージの最後に「香菜里屋」の名前があった。

《とても気持ちの良い店です。一度行ってみてください。本当に楽しい毎日でした。私は故郷に帰ることにします》

どうして彼女が急にそんな気になってしまったのか、当時の野田にはどうしても理解ができなかった。それが今夜、すべて明白となった。誰か、遠野の知り合いがカウンターに座る彼女の姿を見かけてしまったのだ。そのあたりの経緯は、当事者の関係が入れ替わるだけで、東山の推理がほぼ言いあてていることだろう。その後、工藤がどのような行動に出たか、についてもだ。

——店を出るときに、工藤が頭を下げたのは、出すぎた真似をしたことを許してくれという意味だろうか。

だとすれば、彼は野田が少女と暮らしていたことを知っていることになる。

それもあるかもしれないと思った。

「けれど、しばらくは」

きっと香菜里屋にはいかないだろうと、野田は声を落として言葉を続けた。あくまでも「しばらく」だ。

それから先のことは、よくわからない。

終の棲み家

自分でも気を付けていたつもりだったが、いつのまにか表情と仕草を読まれてしまったらしい。半分ほど口をつけただけで、気泡の煌《きら》めきを失ったピルスナーグラスが、真新しいものに取り替えられた。

底のあたりにまだ霜を残すグラスを差し出す手に向かって、妻木《つまき》信彦《のぶひこ》は「あっ、すまない」といった。

「いえ、差し出がましいかとは思ったのですが」

工藤がカウンターに置いたグラスに口をつけ、ビールを半分程飲み干した。

「今日は進まないようですね」

「うん、なんだかねえ」

「お仕事が忙しいのですか」

「そうでもないんだが……それにしても今日は静かな夜だ」

工藤という男は、こちらが望まないかぎり、しつこく話し掛けることがない。だから妻木が話題を変えようとすると、すぐに「今夜の陽気では、ビールはちょっと」といって笑い、会話はそれっきりとなった。

あれほどしつこかった残暑が、十月に入るやまるで嘘のように季節の舞台から退場していった。それどころか次の主役であるはずの秋までもが、すでに仕舞い支度をはじめたように、外の空気は冷たく硬質化している。こうした夜に温かい食べ物で体を満たし、ほどよく冷えたビールで喉を潤《うるお》すというのは、最高の贅沢ではないか。

――少なくとも、気持ちになんのわだかまりもなければ、だが。

珍しいことに、今夜の客は妻木以外にない。「香菜里屋」の焼き杉造りのドアをくぐったときには、たしか常連の女性客が一人、工藤と話をしていたような気がするが、妻木が考え事をしているうちにいつのまにか帰ってしまったようだ。妻木が会話を求めず、しかも客がいないのだから、店の中には工藤が立ち位置を移動する音、奥の厨房でなにかの煮物が寸胴《ずんどう》の蓋《ふた》を時折押し上げる音以外、なにもない。この静けさを日頃は好ましく思う。が、今夜に限っては妙に神経を苛立たせるのである。だから、沈黙に根負けしたように「どうにもおかしな具合なんだ」と話し掛けたのは、妻木の方だった。

「ぼくの写真が、報道写真の賞を取ったことは話したよね」

「ええ、おかげさまで、その節はわたしまでご馳走《ちそう》になりまして」

「いま、銀座の『フォトスペース』で、受賞記念の個展を開いているんだ」

「新聞の文化欄にそのようなことが載っていましたね。わたしも来週の店の休みに拝見しようと思っていました」

「それが少し……おかしな具合なんだ」

「といいますと？」

妻木が三十歳すぎまで所属していた写真事務所を辞め、独立してからすでに六年が経つ。フリーのカメラマンとして、雑誌のグラビアを中心に日々こなす仕事は、当初から現在に至るまでまず順調だといっていい。だが、フリーになって三年ほど経った頃だろうか。次から次にこなす仕事と、わずかひと月で消えてゆく自分の作品とに、いいようのないもどかしさを覚えるようになった。

もっと人生に楔《くさび》を打ち込むような仕事がしたい、使い捨てではないカメラマンになりたい。その気持ちは、重量三十キロのジュラルミンバッグが年齢と共に重く感じられるにつれて強くなってゆく。それは、カメラマンとしてなにかテーマを見付けなければならないという、切実な義務感となって妻木にのしかかった。

「あの頃は、本当につらかった。テーマと一言でいっても見付けるのはホネだ」

妻木はビールグラスを空《から》にし、おかわりを工藤に注文した。

「でも、妻木さんは結局すばらしいテーマを探しだし、そして個展を成功させたじゃありませんか。『終《つい》の棲《す》み家《か》』でしたよね。わたしも新聞で何点かは見せていただきましたが、いいものでした」

「うっ、うん。それはそうなんだが」

仕事の合間を見ては一年がかりで完成させた作品に『終の棲み家』というタイトルをつけ、妻木は新宿にあるカメラメーカーのギャラリーに持ち込んでみた。そこは新人カメラマンの登竜門ともいわれていて、作品が担当者の眼鏡に適《かな》えば、無料でスペースを貸してくれる。自腹を切って個展を開くことも考えたが、そろそろ中年の域に手が届くかどうかのこの時期に、どうしてもチャレンジをしてみたかったのである。すると、自分でも思いがけないほど簡単に、個展を開く運びとなった。

個展はいくつかの新聞に取り上げられ、評判が評判を呼んで、結局その年の報道写真に与えられる某賞を受賞したのである。個展を開いたのが昨年末で、受賞が先月のことだ。わずか一年足らずで妻木を取り囲む情況は大きく変わった。それが良いことなのか、悪いことなのかは、今はまだわからない。

「銀座での個展は、いわば凱旋《がいせん》企画ですよね」と、工藤はピルスナーグラスをサーバーの口金にあてながらいった。この店にはアルコール度数の違うビールが常に四種類置いてある。今、妻木が飲んでいるのはやや弱めのビールである。

「うん。銀座のあちらこちらにポスターも貼ってもらってね」

「それはすごい！」

工藤にそういわれると、なんだか頭蓋骨の上側からくすぐられるような、奇妙な感じがした。年齢不詳、経歴不詳、誰もこの男について詳しい情報を知るものはないだろう。けれどいつのまにか人の懐にするりと入りこみ、とびっきりの料理とビールでいい気持ちにしてくれるのである。

「で、個展でなにが起きたのですか」と、この日はじめて好奇心を滲《にじ》ませた声で工藤がいった。

「盗まれたんだ」

「大事なものですか」

「ポスターが。街中に貼ったポスターがすべて剝《は》がされてしまった。それぱかりか、『フォトスペース』の前に貼ったポスターまで盗まれてしまったんだよ」

会話をしながらも、工藤の手が動きを止めることはない。カウンター下の冷蔵庫からなにかのパックを取り出し、サブの小さな俎《まないた》の上で切り付け、いつのまに取り出したのか、淡い藍《あい》の萩焼《はぎやき》の小皿に盛り付けをする。それを妻木に差し出し、「地蛸《じだこ》のいいものが入りましたので、スモークを作ってマリネに仕立てました」といって、今度は自分専用のゴブレットをサーバーの口金にあてた。工藤がビールを口にするということは、じっくりと話を聞くというサインでもある。そうして、店の客が抱えたいくつかの小さなトラブルを解決するのだと、人伝《ひとづ》てに聞いたことがある。

胸の前で腕を組み、右手に握ったグラスの縁を舐めながら、

「すでに熱烈なファンがついているのではありませんか」

「まさか！　それほどやさしい夢を見せてくれる世界ではないよ」

「とすると……」

「やはり、なにかの悪意があるとしか思えないじゃないか」

異変に最初に気付いたのは、『フォトスペース』のスタッフであった。「やりましたね、こんなに早くポスターが盗まれるなんて」という反応は、工藤とまったく同じである。ところが午後になって、街中のポスターが一枚もなくなっていることが別のスタッフからもたらされると、雰囲気は一変した。なんとも居心地の悪い、かといってどう対応してよいのか見当もつかない空気が、個展会場のスタッフの間に澱《よど》んだ。

そうしたことを時に詰まりつつ、工藤に説明すると、質問が返ってきた。

「ポスターですか……ところで、どんなデザインだったのでしょう」

「人物像だ。例の『終の棲み家』の主人公となった老人が、多摩川べりで残照を受け

て立っている……」

「ああ、新聞にも掲載されていた、あの写真ですか」

「そうなんだが……」

我ながら歯切れが悪いなと、妻木は思った。本当は口にしなければならない言葉がもっとある。実のところ、答えはすでに出ているのであり、しなければならないこともわかっていた。では、どうして工藤に相談めいた手法で話をはじめたのか。誰かに話を聞いてほしかったのである。妻木の話を聞いても、決して非難せず、ただ頷いてくれる相手に話を聞いてほしかったのである。自分の視線をどこに固定すればよいのかわからないまま、工藤の背後のバックバーから奥の厨房へ、さらに誰も客のいないカウンターへと目を移したときだ。工藤が、「今夜はお話の聞き手に徹したほうがよいようですね」と一言いった。

この店の主人には、余人には理解できない不思議な能力があるようだ。

妻木は店内を見回し、もう一度客がいないことを確かめた。

「聞いてくれるかな」

「それにふさわしい夜じゃありませんか」

鼻の奥につんと辛いものを感じた。

――そうなんだ。わたしは話を聞いてほしいんだ。

それは卑怯者の言い訳に似ている、と言葉を付け加えようとして、妻木はやめた。

――作品のテーマを見付けよう。

言葉は余りに単純で、作業はしかし困難だった。極論をいえば、カメラマンの手に掛かると、道端のゴミでさえもテーマになりうる。そこに、写し手の感情がうまく同化できさえすればいいのである。ただし、多くの芸術がそうであるように、いったん印画紙に焼き付けられた作品は、その時点で作者の感性を離れてしまう。受手の感性がうまく作品をキャッチしてくれなければ、失敗作といわれても仕方がない。では、受手の感性におもねるものを撮ってさえいればよいのかというと、そこにも、妻木は抵抗を感じた。市場に溢れるヘアヌードカメラマンのように、女優だけを変えて同じポーズ、同じ技巧の写真を垂れ流すような真似をする気には、なれなかった。

一年あまりもテーマを探し続け、ようやく世田谷区野毛《のげ》の自宅近くを流れる多摩川に着眼した。多摩川は一都二県を跨《また》ぐ大動脈だ。その川岸は流れと共に姿を変え、さまざまな「顔」を持っている。ことに下流に近づくと多摩川は、神奈川側と東京側とでは、同じポイントでもまったく違う顔を持つようになる。そのことに気が付いたのは、二子橋を渡り、対岸の川崎側から、自宅のある世田谷区側を見た時であった。

そこには、かつて見たことのない多摩川の風景があった。それまで妻木は、多摩川河岸に対して、雑然とした大都市を流れる典型的な大河というイメージしか持っていなかった。たまに出掛ける多摩川辺から見る川崎は、河川敷を整備して運動場にしている以外は、いつも国道246号線を走る車のスモッグで、薄く曇っている陰鬱《いんうつ》な都市でしかなかった。が、橋を渡ろうとすると、遥か遠いところに広がる青空と、ユーモラスに頭をのぞかせた富士山があった。首をわずかに右に傾けると、奥多摩から秩父《ちちぶ》にかけての山並みさえ見える。川を渡りきって川崎側の河川敷に立つと、玉川から瀬田《せた》にかけての丘陵地、そのバックに立つ高層ビルは、どこを切り取っても一幅《いっぷく》の絵になりそうな、完璧な構図の風景である。

漠然と、妻木は自分のテーマを見付けたような気がした。

いくつかの定点をカメラポイントにし、両岸の風景の相違、そこに生きる人々、四季の様子を一年がかりで撮影してみよう。

そうして『百景』と名付けたシリーズの撮影を開始したのである。

気が付くと、目の前にまた新しいビールが用意されていた。

「そうですか、最初はまったく違うテーマで撮影をはじめられたのですか」

「うん。日野を起点にしてね。仕事の合間を見てはずっと撮影を続けてきた」

それはそれで楽しく、十分に手応えのある仕事であったと、妻木は今でも思う。登《のぼり》戸《と》周辺で見かけた狸《たぬき》の親子、多摩川競艇で手《て》酷《ひど》くやられたのか、川辺でビールを飲む中年男。尺物の鮎《あゆ》を釣り上げて、渋い笑みを浮かべる釣り人。日々水の色を変える川面、思いっきり長いレンズでとらえた宝石のような翡翠《かわせみ》。

「そうですね。わたしも休みの日には時折出掛けるのですが、多摩川は意外に複雑な顔を持っていますね」

「最近じゃあ、アウトドアブームとかでどこにいってもバーベキューだろう。でもそれだけじゃないんだ」

「川の水も随分ときれいになったと聞きますが」

「八王子あたりの産業廃棄物処理業者が、河川を汚しているとは聞くが……少なくともぼくが撮影をしているかぎり、その気配は感じられなかった」

「では、どうして急にあんなテーマに？」と工藤が質問をした。いつのまに閉店時間を迎えたのか、工藤が壁の横のスイッチに手を掛けると、店の表に吊《つる》した等身大の、ぽってり白い提灯の明かりが消えた。目で、大丈夫なのかと尋ねると、工藤はゆっくりと首を縦に振った。

「じつは、こんなことがあってね」

撮影をはじめて半年余りが過ぎた頃のことである。多摩川が持つさまざまな顔を撮影してゆくうちに、中にはトラブルに関する顔があることが否応無しに知れた。そのひとつが、河川敷を走るモトクロス用バイクの問題である。

多摩川は、両岸の土手を起点に、それぞれの川岸に二段構成の護岸工事が施されている。天然の川岸の上に数メートルの高さで河川敷を作り、さらにその上に土手を築いているのである。その至る所で、モトクロス用バイクの違法走行が問題となっていた。中には河川敷を勝手に改造して凹凸を作り、専用練習場にしているグループまである。土手には「モトクロス用バイクの乗り入れ禁止」をうたった看板があるのだが、効果は皆無である。

もちろん、彼らにもいい分はある。自分たちは暴走族ではない。スポーツとしてモトクロスを楽しんでいるのだから、大目に見てほしい。そもそも都内近郊に、モトクロス専用のサーキットなり練習場が余りに少なすぎるのが異常なのだ、と。それがいかに、自分たちに都合のよい言い訳であるか、彼ら自身十分にわかっているはずだ。

しかし、現実にモトクロスを楽しむ場所は余りに少ない。富士山麓や山梨県は足を延ばすのには遠すぎる。だったら手近に使用していない土地があるのだから、同じ河川を楽しむ市民の一人として認めてほしいということなのだろう。

当然のことながら、日常的に多摩川で遊ぶことが多い子供を持つ近隣の親は、これに猛反発をした。さらにごついタイヤで水辺の生態系がメチャクチャになることを理由に、自然保護団体も立ち上がった。市と区の当局にいくつかの陳情が出されたが、ライダーをすべて締め出すことは不可能に近く、今も膠着《こうちゃく》状態が続いている。

妻木は、川をめぐる風景のひとつとして、彼らを撮影しようとした。最初は望遠の長いレンズで様子をうかがい、少しずつ距離を詰めてレンズを短いものに切り替えた。ときに大きくジャンプし、泥を跳ねあげて疾走するバイクの姿は、それだけを見ればたしかに勇壮で、美しくもある。大きくハンドルを切るたびに地面を抉《えぐ》り、たぶん数分前まではそこに生えていたであろう水辺の草花が、周囲に飛び散っているのを見さえしなければ。

川崎市側、第三京浜道路付近の河原にある彼らの練習コースに入って三時間余り、夢中で撮影を続けるうちに、いつのまにか妻木は数台のバイクに囲まれてしまった。

「いったい、ここでなにをしている?」

フルフェイスのヘルメットを取りもせず、ブルーのラインの入ったライダースーツがそういった。

「撮影だ」

「危ないだろう」

「危なくしているのは、きみたちだろう。多摩川の河岸ではモトクロスは禁止されている」

すると、別のライダーのヘルメットの奥で「やっぱり、連中の仲間だぜ」というくぐもった声が聞こえた。ブルーラインのライダースーツが、はじめてヘルメットを脱ぐと、四十がらみの、端正な顔があらわれた。

「ぼくは、チームのリーダーで葛西《かさい》といいます。失礼ですが、あなたは？」

「カメラマンの妻木です」といって、名刺を差し出すと、他のライダーたちもヘルメットを脱いで、名刺のまわりに集まってきた。

「我々を撮影して、どうするつもりですか」

「あなた方だけを撮影しているのではありません。多摩川の風景を季節と場所を変えて、撮り続けているのです」

「ですが、わたしたちのバイクのナンバープレートも写っているのではありませんか」

「そんなカットもあるかもしれませんね」

妻木の言葉と同時に、辺りの空気が急に険悪なものになった。たしかにそう感じた。葛西と名乗った男の手から名刺をもぎ取った別の男が、それを破り捨てたことで、妻木の直感は証明された。男を葛西が制止した。

「ぼくたちは十分に周囲に気を付けて走行しているつもりです。けれどマシンのナンバープレートが公になるのは、好ましくありません」

「それはつまり、自分たちが違法行為をしているってことを、認めているからでしょう。それにこの辺りは釣りや犬の散歩を楽しむ人々も多い。そうした人たちは、このエリアには近付くな、と?」

「理不尽は十分に理解しています。けれどぼくたちには余りにモトクロスを楽しむ場所が少ない。そこをわかってほしいのですよ」

「違法に河岸周辺を占拠し、なおかつ水辺の生物の住処《すみか》をズタズタにしてでも、自分たちが楽しむ権利を主張すると、いうのですね」

また別の男が詰め寄ってきて「男のスポーツなんだよ、危険なんだよ。それがわからない奴に説明不要！」と言い捨て、ヘルメットをかぶろうとした。葛西が、

「とにかく、フィルムを渡していただけませんか。警察ざたになるのは避けたいんです」

その口調はどこか哀願の調子を帯びていた。決して暴力に訴えたいわけではないのだろう。チームのリーダーとして、マシンを乗る場所は確保しておきたい。けれど暴力も警察権力もごめんだ。あるいは葛西は、きちんとした社会的地位を持った人物かもしれない。自分の抱える矛盾を十分承知しながらも、それを押し通さざるを得ない、ひどく幼稚で切実な感情を、見た気がした。

妻木は首を横に振った。

「どうしても、ですか」

「いったでしょう。あなた方を告発したいわけじゃない。ただ、多摩川のすべてを撮影したいんです」

「まいったな。そこまで真っすぐな正義感を振りかざされたのでは、こちらには反論の余地がない。でも……」

「でも、なんですか」

「河岸を占拠しているのは、わたしたちだけではありませんよ。この先を五十メートルほどいってご覧なさい。もっとびっくりするものがありますよ。もしも先程のあなたの論調を借りるなら、それも撮影しなければ不公平でしょう」

葛西はそういい、ついで「コースには入らないでください。危険ですから」と言い残して、仲間と共に走り去った。

――この先五十メートルほど？

少なくとも見えるのは、四月に入って目立つようになった葦《あし》の原ばかりである。中心部に、椎《しい》の木の雑木林がある。方向を定め、葦をかきわけると、明らかに人の足が作った道があった。妻木の首の辺りで葦が交錯しているから、この道を踏み分けて作った人物は、相当に背が低いのではないか。そんなことを考えながら歩いていると、突然、周囲が開けた。鬱蒼《うっそう》とした雑木林と見られていた場所に、まるでお伽噺《とぎばなし》かなにかのように、別の空間が存在していた。しかもそこには、小屋らしきものまである。かなり水際に近いところに位置しているというのに、地面は、じめついてはいない。

――そうか。雑木林が余分な水を吸水しているのか。

木漏《こも》れ日《び》の光の筋や球が、かすかな風に反応して、小屋とその周辺に降り注いでいる。

「なにか用ですかな」と、小屋のなかから老人が一人姿を現わした。

それが、寺岡老人との出会いだった。老人の後ろから、小動物のように怯《おび》えた表情で、夫人が顔をのぞかせた。

「そうですか、そんな経緯《いきさつ》があったのですか」

そういう工藤の顔をみながら、果たして自分が受けた衝撃の何分の一かでも伝えることができただろうかと、妻木は思う。

「とにかく、びっくりしたよ」

「そうでしょうねえ」

「まさかそんなところに土地があるなんて。ましてや小屋だろう。雑木林の辺りは、たぶんぬかるみだろうと思っていたし、もしかしたら幹の下は水没しているのじゃないかと、思っていたほどだ」

けれど、そこは立派な土地だった。誰にも見咎《みとが》められず、ひっそりと静かで、人が住むのに十分な乾いた土地だったのである。なんだかそこは、特別誂《あつら》えの楽園のようで、一瞬のうちに自分が探し求めていたテーマは、本当はこの場所ではなかったかと、妻木は思った。ほとんど瞬間的に「終の棲み家」という言葉が、頭に浮かんだほどだ。

多摩川は、いくつもの堤防によって治水がなされているが、それでもときに狂暴な顔を剝出しにして氾濫騒ぎを起こす。周辺の家が流され、それがテレビドラマのモデルになったほどだ。したがって、こんな水際に公に認められた宅地を造ることは不可能であるし、小屋をひとめ見れば、素人《しろうと》が間にあわせの木材を継ぎ足して作ったことは明らかだった。

「寺岡老人というのですか。写真ではT老人となっていましたね」

「いや、最初から名字を名乗ってくれたわけではないんだ。むしろ、こちらが話し掛けてもろくに返事もしてくれない有様でね」

「それはそうでしょう。たぶん、いつのまにかそこに住み着いた自由生活者なのでしょう」

「そう、しかも夫婦で、ね」

工藤が寺岡夫妻をあえて「浮浪者」と呼ばず、「自由生活者」と呼んだことが嬉しかった。同時に、そんな言い回しもあったのかと、妻木は密かに舌を巻いた。

――自由生活者、か。いいじゃないか、実にいい響きだ。

寺岡夫妻を浮浪者と呼ぶことをためらうには、理由がある。これはずっとあとのことになるが、老人がきちんと職業を持っていることを知ったからだ。そのことを話すと、工藤がはじめて困惑に似た表情を浮かべ「そうですか、けれど」といったきり、言葉を無理に呑み込んだ。

「なにか？」

「いや、たいしたことではないのですが」

「仕事といっても、たいした稼ぎじゃない。が、夫婦二人、飢えない程度にはなるのだろうね」

「けれど、よくそこまで二人の生活に入り込むことができましたね」

「最初の一月ほどは、無視されたよ」

「ああした人々は、外部からの干渉を極端に嫌います。まして河岸は河川局が管理する土地でしょう。そこに勝手に小屋を建てて住み着いているとなると、なによりも当局に知られることを恐れるはずですから」

「そっ、そうなんだ。多摩川を撮影しているカメラマンだといっても、まるで相手にされなくてね」

「彼らの自由は、死と背中合わせの自由ですからね」

「つい最近も、新宿から段ボールハウスが強制撤去されただろう。あの当時もそんな動きが確かにあったんだ。だからそれを恐れているのかとも思ったが」

「でも、多摩川周辺の自由生活者が、急速に増えたといっても、強制撤去までは……。まあ、小屋まで建てていれば、話は別かもしれませんね」

この小さなビアバーの主人の耳目は、いったいどこまで広がっているのだろうか。ああした人々の事情までよく知っていると、妻木は驚いた。

「けれど、ぼくはどうしても撮影がしたかった。むしろ撮り貯めたフィルムをすべて捨ててでも、老夫妻の生活を……その四季の移ろいを撮影したかったんだ」

妻木は執拗に食い下がってみた。

話の接穂《つぎほ》を探しながら、小屋の周囲を見渡すと、驚くことに小さな菜園まで作ってある。小屋の後ろ、いよいよ水際に近いところにあるさらに小さな四阿《あずまや》は、専用のトイレかもしれないと思った。「不自由はありませんか」「川が増水すると大変でしょう」「けれど川の四季を感じられて、素敵な生活ですね」どんな言葉を尽くしても、老人は反応しなかった。その日、老人の口から聞けた言葉は「もういいだろう」「あっちへ行ってくれ」の二言だけだった。

「お二人が心を開くきっかけは、なんだったのですか」

「それがね」

小屋の存在を教えてくれたのはモトクロスライダーたちだったが、二人と知り合うきっかけを作ってくれたのもまた、彼らだったのである。

一週間余り、小屋に通い詰めたが、老人はろくに口も利《き》いてはくれなかった。手土産を持っていっても駄目、小屋の朽ちかけそうな部分の補修を願い出ても駄目。無理にカメラを向けると、当たり前のように背中を向ける。けれど妻木はあきらめる気になれなかった。無視されればされるほど、気持ちはどんどんひたむきに、ともすれば意固地の角度に傾いてゆく。しまいには、老夫妻をテーマにすることが、カメラマンとしての生命線のようにも思えてきた。が、そのことを告げ、地面に這《は》いつくばってもみたが、老人の反応は変わらなかった。

いくらテーマを見付けたといっても、老人ばかりに構っているわけにはいかなかった。その後、二週間ほど雑誌の仕事で取材旅行に出掛け、帰ってくるとすぐにまた、妻木は老人の小屋に出掛けていった。

その日。小屋へと続く道を歩きながら、なにかしらおかしな雰囲気を妻木は感じた。

――ああそうか。道が広がっているのだ。

すぐにそう思い、次には、

――どうして道が広がるんだ？

新たな疑問がわいてきた。そして疑問は、小屋に着くなり解決した。

小屋の横にある自家菜園で、老夫人が膝をぺたりとついて泣いていた。何十年も時間を遡《さかのぼ》ったように、しゃくりあげて泣いていたのである。手には育ちかけの緑の苗が握り締められている。妻木は「あの」といったまま、次の言葉に詰まった。

菜園の横にいくつもの、轍《わだち》があった。ひとめ見て、モトクロス用バイクの物であるとわかる、特異な形状の轍だった。よく見ると、小屋の一部も破壊されている。

「バイクが、やってきたのですね」

夫人が、泣きながら頷いた。

「ご主人は」と問うと、首を横に振る。どこかに出掛けているらしい。

「や、やめてくださあいって、叫んだのだけど」

その声が切ないほど透明で、細く、けれど美しいことが、妻木の感情に火をつけた。ジュラルミンバッグと三脚をその場に置き、いま来た道を駆け戻った。

数台のバイクが、河岸に作った凹凸をジャンプし、土煙をあげながら疾走していた。

「葛西はいるか！」

三度、同じ叫び声をあげると、一台のバイクが妻木の元に走りよってきて、爪先ぎりぎりの所でターンして停まった。ヘルメットを脱ぐと、葛西ではなかった。

「リーダーはいないよ」

「だれがやった」

「なんのことだ」

「向こうの小屋をメチャクチャにしたのは、誰だと聞いているんだ」

「知らんね。第一、こんな所に小屋があるはずがないじゃないか。ここは河川局が管理する土地だ。そんな場所に小屋があるなんて、あんた、頭がおかしいんじゃないのか」

「頭がおかしいのは貴様だ。小屋があるはずがないと言い張るなら、貴様たちはどうなんだ。勝手に河岸の土地を作り替えてバイクの遊び場にしやがって。じゃあ貴様たちもここには存在していないのか。そこの大きな玩具《おもちゃ》も、全部幻なのか。なにが男のスポーツだ、貴様たちがやっていることは、ただの暴走族と同じじゃないか」

さらに数台のバイクが寄ってきて、一触即発の空気が漂ったところへ、葛西がやってきた。「どうした」と仲間の数人に話を聞くと、手にしたヘルメットでいきなりメンバーを殴り付けた。妻木と睨み合っていた男には、しゃがんだところへ蹴りまで入れた。

ややあって、興奮が納まったのか、妻木の方を向いて、

「申し訳ないことをしました。面白半分で、とんでもないことを」

「面白半分だ？　そりゃあいったいどういう説明だ」

「言葉もないです。なんといってよいのか、普段は決してそんなことをする連中ではないのですが」

「あんな所に小屋などあるはずがないと、ぬかしやがったぞ」

あるはずがないのだから、壊しても構わないと思ったのか。言葉を交わすうちに、妻木の感情はますます高ぶった。

「すみません。ただ、そういうしかありません。こちらにはなんの言い訳もできない」

「あたりまえだ」

「どうすればいいでしょうか。なにかしなければ」

「とりあえず、小屋とその横の菜園を元通りにしろ。今すぐに、だ。蹴散らかした菜園の苗も、元通りにしろ。おまえたちが壊す前の状態に、きっちりと戻せ」

「そ、それで済むことなら」

一連の作業が終わるのを、妻木は最後まで見届けた。老夫人の怯えたような、触れ

るとその場で壊れてしまいそうな表情を見ると、そうせずにはいられなかった。作業の途中で「ご主人は」と、先程と同じ質問をすると、はじめて夫人はかすかに笑って「仕事です」と答えた。

「お仕事、ですか」

意外な答えに、妻木は戸惑った。こんな場所に小屋を建て、ひっそりと住んでいる老夫妻である。年金生活さえ送れないからこその、こうした暮らしであるとばかり思っていた。

小屋と菜園の修復が終わり、葛西が深々と頭を下げて立ち去ると、夫人がようやく大きなため息を吐いた。そうして妻木に向かい「ありがとうございました」と頭を下げた。

老夫妻の態度に変化が見られたのは翌日からだった。

小屋にゆくと、老人が妻木を出迎えるように、戸口に立っていた。

「昨日は家内が世話になりました」

「いえ、大したことは。連中も二度と馬鹿な真似はしないでしょう」

老人が腰を折り「寺岡です」と、はじめて自分の姓を名乗った。

長い話が終わると、工藤が感心した口振りで「複雑な事情があったのですね」といった。

「それでも、写真を撮らせてもらうには、さらに何ヵ月もかかったよ」

「確か、作品の一枚目は夏の頃でしたね。新聞に載っていた『はじまりの頃』と題した写真が、そうなのでしょう」

「ああ。知り合ってしばらくは、大きなカメラを持っていかないようにしてね」

ポケットにコンタックスの小型カメラのみを忍ばせ、もっぱら寺岡老人が好きだという日本酒を土産に、妻木は小屋を訪ねた。やがて老夫妻がここに住みはじめて一年近くが経つこと。かつては世田谷区で、手打ち蕎麦《そば》の店を持っていたことなどを知ることができた。

「夏のはじめだったかな。寺岡老人の奥さん、初江さんというのだが、彼女が嬉しそうに茄子《なす》の辛子《からし》漬けを作って出してくれた。それが滅法おいしくて、ね」

おかわりを頼むと、「これ、今年はじめて実をつけたんですよ」と、寺岡夫人は笑った。モトクロスライダーたちが一度はメチャクチャにした自家菜園で、できたものらしい。元が砂混じりの土地であるから、前の年は栽培に失敗したのだという。それで他から土を少しずつ運んでは土壌改良し、ようやく二十本ほどの茄子の苗を育てたのだと、はじめて見る饒舌《じょうぜつ》さで、夫人は話した。さらに、辛子と麴《こうじ》と甘味噌とを等量混ぜて床《とこ》を作り、そこに薄く塩を施した茄子を漬け込むのだということまで、夫人は実に楽しそうに話してくれた。傍らでは寺岡老人が冷や酒を飲みながら、これも珍しくはしゃいだ声で「こいつで飲む酒が、上々吉だあな」などと笑っていた。その夫妻を小屋のなかで撮ったのが『はじまりの頃』と題した一枚である。

すべてはそこから始まった。その夜、寺岡老人はようやく妻木の名刺を受け取ってくれた。『終の棲み家』と題された一連のシリーズは約一年がかりで撮影され、そして現在に至る。

気が付くと、妻木は自分の頭を抱え、今にもカウンターに突っ伏しそうになっていた。

「おれは……まったく自分のことしか考えていなかった」

「すると、やはり」

「ああ、きみの考えているとおりのことが起きてしまった」

個展が成功し、いくつかの新聞で取り上げられたことで、妻木の名前は業界に一気に知られることになった。そのことを報告しに河原の小屋へ向かった妻木は、跡形もなく壊された小屋の跡を見付けたのである。明らかに誰かが悪戯《いたずら》や悪意で壊したものではなかった。徹底した執念深さと、とてつもない大きな力を感じさせるのに十分な念入りさで、そこにかつて小屋があり、老夫妻が住んでいたという事実は抹消《まっしょう》されていた。

「そんな予感がないわけじゃなかった」

「たしかに、写真のテーマとしては面白いけれど、夫婦にとっては死活問題であったかもしれませんね」

「写真を見て当局が動いたんだ。市に問い合せると、たしかに撤去の事実を認めたよ」

「で、寺岡夫妻の行方は?」

「わからない。オートバイの葛西に聞いてみても、市の撤去作業は突然だったらしい。いきなり重機を持ち込んで、小屋を壊しはじめたのだそうだ」

「そうですか、日頃は腰の重い当局が、そんなに素早い対応を」

「ぼくは自分のうかつさを呪ったよ。で、八方手を尽くして、夫婦の行方を探したんだ。世田谷区の飲食協会にも問い合せたが、店の場所も、いつ廃《や》めたのかもわからないでは探しようがないと、いわれた」

「それで、今回のポスター盗難事件があって、もしかしたら、と?」

「他に考えようがない。きっと寺岡夫妻はぼくを恨んでいることだろう。だって終の棲み家を追われた夫妻が、いったい、どこで、どうやって生活できるんだ」

「寺岡さんの仕事場については、どうでしょう」

「そのことだけは、話してくれなくてね」

一度、東急ハンズで見付けた手打ち蕎麦の製作セットを、小屋に持ち込んだことがある。その時の老人の、なんともいえない表情は、妻木の脳裏に今もある。てっきり喜んでもらえると思ったが、夫妻は顔を見合せ、情けないような、困ったような笑顔を浮かべたのみであった。小さく初江夫人が「昔のことは、忘れたんですよ、私ら」といわれて、妻木は自分の無神経さに気が付いた。

「それいらい、仕事に関することは、我々の間でタブーになってしまった」

償わなければいけない。ではどうやって。手段が見つからないまま、シリーズ写真は賞を受け、凱旋企画の個展の最中に、今回のことが起きてしまった。

ふと時計を見ると、午前三時を回ろうとしていた。

「ああ、こんな時間になるまですまなかった。愚痴を聞かせるつもりはなかったんだが」

「いえ、わたしのことは気になさらないでください。それよりも……」

「ん？」

工藤の沈黙は、ときに雄弁以上の効果をもたらすらしい。その表情が決して重くも暗くもないことが、次の言葉に希望を持たせてくれる。「もう一杯だけ、お飲みになりませんか」といいながら、工藤の体はすでにビアサーバーに向かっている。

妻木と自分のビールを用意して、「さて」と工藤は名探偵の顔つきになった。エプロンに縫いとられたヨークシャーテリアの刺繍そっくりの笑顔で、

「寺岡というのも、偽名であるかもしれませんね」

といった。それは妻木も十分に予測していたことだった。

「だったらなおさら、ぼくには彼らを捜す手がかりがない」

「捜さなくても良いのではないでしょうか」

「だが……」

「考えてみたのですが、寺岡夫妻は、名実共に河原の小屋を終の棲み家にするつもりではなかったかもしれないし、そうでもあった」

「どういうことだい」

「最近では老人の一人暮らしはなにかと問題があるとかで、部屋を貸してくれないという話を聞きます。けれど彼らは夫婦です。どちらが先に倒れても、最悪の事態を避

けることはできます」

言葉こそ婉曲《えんきょく》だが、工藤が老人の孤独死と、それを嫌がる大家のことを話していることは、すぐにわかった。

「ましてや、寺岡さんは仕事を持っているという。どうして河原の小屋になど住み着いたのでしょうか」

「それは……」

「なにかの事情があって、彼らは本当に死んでしまうつもりだったのではありませんか。川はやがて海に流れこみます。海の向こうには死者の国があります。少しでも死者の国に近いところに住み、いざとなればそこに向かって走りだすことが、彼らの本当の目的ではなかったでしょうか。妻木さんも指摘されていましたよね。多摩川は本来、暴れ川です。わたしは今でも多摩川決壊のときのことを覚えていますよ。もしかしたらそれを期待していたのかもしれませんね」

「でも」と、妻木はいった。ならばどうして心中をしてしまわないのか。その気持ちを見透かしたのか、

「人は、そう簡単に死ねるわけじゃありません。少しでも可能性の高いところに身を置いて、死を願うことが精一杯というのが、人として自然ではありませんか」

「だからといって、そこを追われてしまったのではしかたがない」

「事情が変わったんですよ」

「事情？」

「彼らは生きる希望を持つようになったんです。それが、自分たちの生活に割り込んできたカメラマンによるものなのか、あるいは手慰みにはじめた菜園で、生長する苗木の姿を見たからかどうかは、わかりません」

「では、彼らは今もどこかで元気にやっているというのだね」

「わたしは、少なくともそう思っています。もし、妻木さんがどうしてもとおっしゃるのなら、寺岡さんの本名や、世田谷のどこで店をやっていたか、ぐらいはわかると思いますよ」

「どうやって！」

工藤の不思議な能力を否定するつもりはないが、その一言ばかりは、いささか眉唾《まゆつば》な気がした。

「茄子の辛子漬けです。寺岡さん自身もこれで日本酒を飲むのが一番だといっていたのでしょう。ましてや元がお蕎麦屋さんです。まっとうな蕎麦屋にはまっとうな日本酒が置いてあるものですし、その時に、奥さん自慢の辛子漬けを出さないはずがありません。そのあたりから手繰《たぐ》れば、なんとか」

妻木はビールに口をつけ、しばらく考えた。たしかにその方法であれば、寺岡夫妻の素性《すじよう》はわかるかもしれない。だが、それがなんになるというのだ？　工藤は今も夫妻が元気でやっているはずだというが、そこにはなんの根拠もない。むしろ終の棲み家を追われ、自分たちの生活をそこまで追い詰めた、張本人の個展のポスターを剝がして回る夫妻の憎悪に満ちた姿しか、妻木には見えなかった。

「いくらなんでも」と、工藤がいった。

「えっ⁉」

「いくらなんでも、そこに人が住んでいれば、いきなり強制撤去はしませんよ」

「例の小屋のことかな」

「ええ。まして当局はこの問題にたいして非常に神経質になっています。いきなり重機を持ち込んで、跡形もなく壊すなんて、非人道的な真似はしません」

わずかな光が見えてきた。

「……するとつまり！　夫妻はすでにそこにはいなかった」

「そう考えるのが、普通ではありませんか」

工藤の笑顔の理由がようやくわかった。撤去の話を聞いたときに、すでにこの結論を得ていたのである。先程からの長い話のなかから、さらに要点を取り出し、結論への正当な道筋をつけたところで、最後のビールを勧める気になったのだ。

それでも、妻木の気持ちは半信半疑だった。なおも、

「本当に、夫妻は元気でやっているのだろうか」

と問うと、わずかに首をかしげ、

「少なくとも、小屋を引き払った当時は……間違いないと思います」

と工藤はいった。その声がわずかに湿りを帯びていることを、妻木は聞き逃さなかった。

「なにか、あるのかい」

「いえ、なにも。推理の道筋でわかるのはこれだけです」

あとは想像ですからと、言葉の外に意味を含ませるような物言いだった。想像でもいいから、それを聞きたいと思ったが、名探偵はついにその口を開くことはなかった。

二週間後。

妻木の元に小包みが届けられた。差出人は聞き覚えのない女性である。包みを解

き、中に入っていた手紙を読んで、妻木はあっと驚いた。『前略。ご無沙汰していま
す』で始まる手紙は、寺岡夫人からの物だった。

『前略。

ご無沙汰しています。あれほどお世話になっておきながら、なんの連絡もせずに姿を消したご無礼をお許しくださいませ。このたびは栄《は》えある写真の賞を受賞されたこと、心よりお喜び申し上げます。

もうお気付きのことでしょうが、銀座の街に貼ってあったポスターを剝がしたのは、私でございます。ご無礼のうえに重ねたご無礼、なにとぞお許しくださいますよう、伏してお願いいたします。

実を申せば、私ども夫婦があの河原に住み着いたのには、さまざまな理由がありました。店が人手に渡ったこと、息子夫婦が交通事故であっけなく他界したことなど、理由をあげれば切りがありませんが、ただひとつ、私達は世間に絶望し、あの場所で夫婦二人朽ち果てるつもりだったのです。そこへ妻木様がおいでになり、最初のうちこそ当惑したものの、やがてあのようなお付き合いを重ねるうちに、私どものなかに生きる希望らしきものが湧いてまいりました。そのことをあなた様にお話しし、晴れ

て外の世界に戻ってゆこうとも思いましたが、どうしてもそれができませんでした。この包みの差出人を見てお察しのことでしょうが、寺岡というのは私どもの本名ではありません。バイクの一件があり、お礼をしなければと思いながら、主人はとっさに偽名を使ってしまったのでした。親交が深まるにつれ、主人も私もつらい思いのみが膨れあがったのですが、今更《いまさら》本名を名乗ることもままならず、ずるずるとお付き合いを重ねてしまったのです。

結局、小屋を出るときも私どもは本当のことが言えませんでした。あなた様に内緒で、ひっそりと出てゆく以外になかったのです。主人は半年前、亡くなる直前までそのことを気に病んでおりました』

そこまで読んで、妻木は手紙を置いた。

――老人が亡くなった？

その一言で、すべてが理解できた。どうしてポスターが剝がされたのか。あの夜、工藤がどうして急に寡黙になったのか。

――ここまで、想像していたんだ。

『幸いなことに、主人は亡くなる寸前まで意識がしっかりとしておりました。苦痛もさほどではなかったのか、あなた様のことを、すまない、すまないと申しておりました。私は、今は遠い親戚を頼って千葉におります。幸いにして、病院のヘルパーの仕事が見つかったので、誰にも迷惑を掛けず、ささやかに生きております。たまたま出掛けた銀座で、妻木様の個展のポスターを拝見しました。写真が好きではなかったせいか、主人の遺影らしいものを私は持っておりません。ちょうど早朝であったことも幸いし、あまりの懐かしさに、ただ一枚だけならと、悪いこととは知りつつ頂戴する気になったのです。でも、一枚ポスターを剝がしてしまうと、もう止まりません。街中を歩き回り、ありったけのポスターを剝がしていたのです。

本来なら、妻木様にお願いさえすれば良いものを、偽名という後ろめたさから今度は泥棒まがいのことまでしでかしてしまいました。愚かな老人よとお笑いのうえ、お許しくださいませ。伏して、伏してお願いいたします。本当にご迷惑をおかけしました。

妻木様のご活躍を、陰ながらいつまでも応援させていただきます。

お身体をご自愛ください。

追伸。

つまらないものを同封いたします。ご笑納のうえ、ときには主人のことなど思い出してやってくださいませ』

厳重に広告紙で包装された包みを解くと、白いビニールでこれまた厳重に包まれた四角い容器があらわれた。ビニールを慎重にカッターで切り解き、容器の蓋を取ると、

——……！

麹《こうじ》と辛子の入り交じった匂いが、ぱっと妻木の鼻孔に飛び散った。

殺人者の赤い手

たったひとりで公園であそんでいてはいけません。

夕方ひとりで公園であそんでいてはいけません。

でもシュウちゃんは、お母さんのいいつけを守りませんでした。

とおくのお山が火をふいて、みんながテレビに夢中になっているのに、シュウちゃんひとり家にかえろうとしなかったのです。

公園には、すべり台のあるすなばであそぶシュウちゃんのほかは、だれもいませんでした。グローブとバット。どこかのだれかが忘れたお人形が、シュウちゃんを見ているばかりでした。

やがて、おねえちゃんがシュウちゃんをむかえにくると、シュウちゃんは真っ赤なかおをしてすなばに寝ていました。そばには人がすわっていました。

「どうしたの、どうして寝ているの」

そばの人がふりかえりました。その手が真っ赤にそまっています。

＊　＊　＊

今日、友人からもらったばかりの小さな「信仰」をポケットの内に確かめ、笹口《ささぐち》ひずるは、夜道を急いだ。新玉川線三軒茶屋駅から地上に出て、世田谷通りを環状七号線に向かう。まもなくアーケードから道一本外れて、旧道に入る。商店街の過剰な光の装飾がおとなしくなり、そこからさらにのびる細い路地、袋小路のあちらこちらに、深い闇が淀む。渋谷から地下鉄で数分という好立地条件にあり、不動産不景気が叫ばれるのを横目に観ながら開発が急激に進む三軒茶屋にも、まだこんな場所が残っている。

ポケットのなかにあるものを、軽く握ってみた。先程から何度も同じ事をしているせいで、体温にきわめて近い温かさが、指紋の溝の形に伝わった。同じ温度ならば、温かいとも冷たいとも感じないだろう。もしかしたら、わずかずつ蓄熱しているのかもしれない。「信仰」と表現したが、どちらかといえば無言の小動物のようでもある。

——祈り、願い、願望、希望、切望、憧憬。

人が長い人生の中で口にする、こうした言葉のうちのいくつが現実になるのだろうか。きっとそれはあまりにささやかな数量に違いない。だからこそ、「宗教」とはとても言えない軽くて、ややもすれば無責任な気持ちで、人は信仰を求めるのである。

占い然《しか》り、まじない然り。

――ポケットの内なるものもまた然り。

いくつめかの曲がり角で体の向きを変え、またいっそうの暗がりを目指した。すでに何度も行き来したことのある道だが、この路地に入るとどうしても視線と集中力は足元に向けられる。いつだったか、無神経に歩いていて、闇の塊のなかに蹲《うずくま》っていた猫の尻尾《しっぽ》を踏み付けたことがある。猫も驚いたろうが、その断末魔を思わせる叫び声にひずるの心臓も非常事態停止をしそうになった。それからである、足元に対して特に注意深くなったのは。

まもなく目的の場所に到着というところで、別の光の束が真横から現われ、目を刺した。どことなく無遠慮さの感じられる光は、大型懐中電灯であると、すぐにわかった。一瞬、視界が光によって遮《さえぎ》られた。

「あの、失礼ですが」

顔をあげるまでもなく、体育会系のがっちりとした体軀《たいく》を想像させる、太くて深い声である。不思議と怯《おび》えはなかった。声の作り物めいた丁寧さと、懐中電灯の光を直接相手の顔にあてる不躾《ぶしつけ》さとが、その正体を直感的に教えていたためだ。

「どちらまでおいでですか。この近所のかたですか。できればお名前とご住所をうかがいたいのですが」

制服姿の警察官の全体像が、明暗のコントラストに戸惑っていたひずるの目にようやくとらえられた。

笹口ひずる。二十四歳。職業は派遣プログラマー。今日の午前中まで京都に出張中であったことなどを告げ、「ええっと」と、ひずるは手にした紙袋を顔のところまであげた。

「住まいは国道246号線の反対側です。すぐそこの店にお土産をもってゆこうと」

警察官の背中の闇を人差し指でさした。暗がりに白い提灯が下がっている。ぽってりとした等身大の白い光は、後ろ足で立ち上がり、餌《えさ》をねだる白熊のようだと、いつだったか思ったことがある。その光の中心に「香菜里屋」とある。

「ああ、こんなところに店があったんだ」

警察官が、初めて感情をあらわにした声を上げた。

「知りませんでしたか？」

「まるで気が付かなかった。いや、ぼくは日頃はもっと遠方の管轄なものだから」

「とても料理のおいしい、ビアバーなんですよ」

お店は小さいですけれど、と付け加えておいたのは、警察官の体軀を考慮したからだ。そうしないと不公平がある気がした。

「明日にでも、話を聞いてみないと」

「店主の住まいは、別だと思いますよ。本当に小さなお店ですから」

その時だった。店の焼き杉造りのドアが開いて、年齢不詳のエプロン姿が顔を出した。

「店の引ける十二時すぎであれば、いつでも」

香菜里屋の主人、工藤が「お帰りなさい」と、ひずるに向かっていった。

「殺人事件があったのですよ」

ピルスナーグラスの縁を、サーバーの口金にあてながら工藤がいった。この店には常時アルコール度数のちがうビールが四種類置いてある。最も度数の高い十二度のビールは、ロックグラスに氷を浮かべて飲むのだが、ひずるはまだ試したことがない。いつも五度のラガーを注文している。

「殺人事件というと」

「もちろん、人が殺されたわけです。若い女性でした」

工藤がいうと、少しも嫌味に聞こえない。きっとこの店主の特殊能力なのだろう。

「近くで、ですか」

「ええ、ほんの裏手のマンションでした」

数人が座れるほどの長さのカウンターと、テーブルが二脚。ただそれだけの広さしかない店である。ところが、スツールに腰を下ろしてしばらく経つと、店の狭さがまるで気にならなくなる。きっと建築の専門家ならば、店内のパースがどうの色彩による錯覚がどうのと、理由付けられるかもしれない。けれど大半の客はそんな理屈を弄《もてあそ》ぶよりは、この店の不思議な雰囲気にそのまま素直に呑み込まれることを望むとだろう。

——それができないものを不幸者と呼ぶ。

「わたしが京都にいっている間に、とんでもない事が起きていたのですね」

「そういえば、暑かったでしょう、この三日ばかり」

「九月の終りだというのに、完全に戻り夏で」

「東京も同じでしたよ。今日はいくぶん涼しくなりましたが、昨日までは日差しも湿度も文句なしの真夏日でした」

「春先ならば三寒四温というのでしょうね」

「差し詰め、夏の逆襲、リベンジマッチ」

「出戻り夏、なんていうと品がありませんね」

「言葉にする人によると思いますが、まあ、あまり大っぴらには」

あまり、食べ物屋でする話ではありませんからと、工藤の口は重かったが、それでも事件が二日前、裏手のマンションで起きたことは聞き出せた。近くの蕎麦屋の出前持ちが、昼過ぎに丼《どんぶり》を下げにやってきて、半開きのドアの隙間から、若い女性の絞殺死体を発見したのだそうだ。死後約二十時間。丼は前々日に被害者本人が注文したものだった。

香菜里屋は住宅街のど真ん中にあって、ほとんど店として目立つことがない。したがって訪れる客は決まっているし、この店を知ることができただけで、十分に幸せだといいきる自信が、ひずるにはある。はたして殺された女性は、身近にこんなにも心休まる空間があることを、知っていただろうか。殺害されるという、不幸この上ない事件に巻き込まれた彼女が生前、この店の客であったとしたら。

「遣り切れませんね」と、ひずるがいうと、

「店のお客さまでなかったことが、ただひとつの救いです」

工藤が着用している深紅のエプロンに、ヨークシャーテリアの精緻な刺繍がある。その小首を傾げた姿によく似た、ちょっと困ったような柔らかい笑顔で返事をされると、殺害された若い女性の不幸が、さほどのものに思えなくなった。代わりに、後ろめたさの刺《とげ》が二本、三本と気持ちのどこかを突いた。まさか「本当にそれは良かった」とは、同調できない。

カウンターに、見知った女性客の顔があることに気が付いた。

他に客の姿はない。

「飯島さん。今日はお早いんですね」

女性を飯島七緒という。フリーのライターをしているそうだ。ひずるも会社組織に縛られる職業ではなかったから、お互いに通じるものがあったのだろう。ひずるよりもいくつか年上ではないか。少なくとも、何度か言葉を交わしたかぎりでは、そんな気がした。ずいぶんと前のことになるが、彼女の知り合いであった、そしていまはもう亡くなってしまった初老の俳人の話を聞いたことがある。彼女もまた「出勤時間」には早すぎるのに、と思ったが、フリーなら、そのようなこともあるのだと、納得した。

「この辺りも物騒になったものね」

七緒がいうと、カウンターのなかから工藤が、

「まして、怪談騒ぎまであっては」

「だからわたしが、こうやって仕事にきているのデス」

仕事といいながらもグラスを顔の前に掲げてみせた。

「仕事?」と、ひずるが間の抜けた声を上げると、飯島七緒はそれに応えて、

「ひずるさんは知らないかな。最近このあたりの小学生のあいだで、怪談が流行《はや》っているのを。赤い手の魔人が小学生を襲うって内容の……」

「はあ……なんとなく、は」

「死体が発見される数時間前に、マンションから逃げ出す不審な男の後ろ姿が、小学生によって発見されているの。死亡推定時刻がほぼ重なることから、警察では男を重要参考人として、追っている」

「それが、赤い手の魔人と?」

「少なくとも、小学生はそう証言しているわ。このあたりに住み着いている、赤い手の魔人に絶対に違いないって」

「まさか!」と、ひずるはつい大きな声を上げた。その感情の高ぶりを、相手に知られることがなかったか不安になり、飯島七緒の顔を見た。幸いなことに、七緒は話に

夢中になって、違和感を抱かなかったようだ。

「もちろん、赤い手の魔人の話が出たところで、警察は興味を失ったのだけれど」

「七緒さんはそうは考えなかった？」

「ようするに赤い手袋をしていたって事でしょう。けれど目撃者である少年は、赤い手の魔人であることを警察官に三度も念を押したって、新聞にも出ていたけど……あぁ、京都にいたのではわからないか。今時、犯罪を起こそうって人間が指紋のことを知らないはずがないから、不自然とはいえないのだけれど……ねぇ」

話が進むにつれ七緒の前に置かれたビールのグラスが、気持ちのよい勢いでなくなってゆく。いつだったか、工藤がビールの飲み方について、グラスに注がれたら最後、寸暇を惜しんでグラスを空にする努力が必要であるといっていた。

「つまりは一心不乱に店の営業活動に協力せよ、と？」

そう茶化したのは、北という名前の常連客ではなかったか。つまり飯島七緒は「筋の良い客」なのだろう。

二人でお代わりを注文すると、工藤が「お土産をありがとうございました」と、ひずるに声をかけてきた。

「お嫌いでなければ、幸いです」

「これからおいしくなる旬《しゅん》のものです。嫌いなはずがありません」

「よかった」

「少し、七緒さんにも召し上がっていただきましょう。もちろんお酒のあとで、ですが」

京都で、鯖《さば》の棒鮨《ぼうずし》を買ってきた。昨夜、派遣先の上司が最後の夜だからと連れていってくれた寿司屋で食べたものが、忘れられない味だった。なんとなく、香菜里屋の工藤に食べさせたくなったのである。

「ところで飯島さん。いつから事件記者に商売替えを？」

疑問を、口にした。雑誌のフリーライターといっても、飯島七緒の守備範囲は生活記事全般ではなかったか。あとは伝統工芸の取材や、旅行関係がときどきだと、本人の口から聞いたことがある。

――殺人事件などという、生臭い題材も扱うのだろうか。

「担当編集者が、妙なことをいいだしたのよ。こうした事件には民俗学的考察によるアプローチが有効なのではないかってね」

「おもしろい考え方です」といったのは、工藤であった。ひずるにはどう答えてよいものやら、言葉がない。

「自分で心の師匠は柳田國男《やなぎたくにお》だっていってるような、男ですから」

「楽しいといっては、あまりに不謹慎ですね。すると、少年の証言のなかから真実の欠片《かけら》を取り出す作業を、これからなさるの？」

「あの」と、ひずるは声をかけた。二人の話が、よくわからない。会話の離れ小島にとり残されるのは、ゴメンだった。

——まして、赤い手の魔人に関することなら。わたしは……。

工藤が、小首を傾げる仕草でいった。

「柳田國男という人は、日本の民俗学の草分けです。荒唐無稽《こうとうむけい》な民話や伝承のなかから、歴史に残された真実と事実を掬《すく》いとろうとした人なのですよ」

「では、赤い魔人が本当に、若い女性を殺害したと？」

「その部分は赤い手袋という解釈が正しいのでしょう。七緒さんが考えたとおりで」

クスリッと、飯島七緒が喉で転がすように笑った。

「さすがだなあ、工藤さんにはかなわない。いつだってわたしの話の欠片を聞いただけで、全体を読み取ってしまう」

「それくらいは、簡単にわかります。だって、魔人の赤い手が赤い手袋なんて説、初めて聞きましたよ。七緒さんのオリジナル説以外には、考えられないじゃないですか」

「オリジナルというほどのものでは、ないですけどね。けれど、同じ思考法で、男の子が三度も赤い魔人といったことを検証してみたんです」

ようやくひずるにも、会話に参加するための基本ルールが理解できてきた。この店には特有のゲームのようなものが存在する。参加の条件は明快だ。謎の提示者となるか、推理者となるか、兼任するか、である。ちょうど一人の客がドアを開けたのをきっかけにして工藤は消え、飯島七緒の会話の相手は、ひずるにバトンタッチされた。新たに入ってきた客が、なにかを話し掛けたような気もするが、あるいは錯覚であったかもしれない。

「それほど、赤い手の印象が強かったのでしょうね」

「そこが、気に入らないんだなあ。殺害現場に手袋をはめてゆくのは常識としても、どうして赤じゃなければならないのだろう」

「それは、あれじゃないですか。赤い魔人の怪談に似せることで……」

——説得力が、ないな。

「犯人に利益があるとは、思えないでしょう。そんなことをしても」

七緒は正確にひずるの推理の弱点を衝《つ》いてきた。「さらにひとつ」と、言葉を続け、

「男の子の証言の底流にある、妙に確信めいた自信というか……。だいたい例の赤い手の魔人伝説自体、謎が多い話なのね。三軒茶屋でも、特にこの周辺にしか伝わっていないというのも、おかしな話だし」

「異界からやってくる神のことを、本で読んだことがあります。もののけも神も、異界からの侵入者なんですよね」

「そう。逆に、都市伝説に出てくる妖怪は、土着のものが多いの。トイレの花子さんにしても、遥か昔の口裂け女にしても、元からそこに住んでいる人間が、なんらかの理由で妖怪に変化したものでしょう。花子さんは継母にいじめられた少女だっていうし、口裂け女は整形手術に失敗した女性だとか、丑《うし》の刻参りの女性を見誤ったとか。ところが赤い手の魔人に関しては、伝説の基礎部分がきれいに欠けているの。因果律でいうところの『果』だけがあって『因』が抜けているのよ」

「でも、子供の噂話でしょう」

「なかなか、侮《あなど》れないのですよ、都市伝説は。どこに真実の鼠《ねずみ》が隠れているか、わからないもの」

ふと、こちらに向けられた視線に気が付いた。七緒との話に夢中になって、新たにやってきた客には、一切の注意を向けていなかった。

「面白い話ですね」と、視線の主の声を聞くなり、ひずるは声を上げそうになった。

「……!!」

「先程はどうも、失礼しました。職務なので許してください」

制服を脱ぐと、こんなにも柔らかな清潔感にあふれた声が出せるのかと、驚くほどだった。店の近くで職務質問をかけてきた警察官が、私服の客となって、目の前にいた。


翌日。ひずるが午後八時すぎに香菜里屋を訪れると、すでに飯島七緒がスツールに座って、ピルスナーグラスを片手に別の常連客と話し込んでいた。会話の所々に「赤い手が」「指紋の件について」などという言葉が交じっているところを見ると、例の事件に関することに違いない。

手荷物を壁のフックにかけ、上着のポケットから小石状のものを取り出して、カウンターに置いた。

「なに、それ?」

女性らしい注意深さで、七緒が質問した。

「友達からもらったもので……」

そのものの固有名詞を告げる前に、カウンターの向こう側から、

「パワーストーンですね。北米先住民族のお守りですよ」

という声が、届いた。

「さすがは北さん。占い師だけあって詳しいね」

ひずるが置いた小石、蛍石《ほたるいし》に狼《おおかみ》の爪《つめ》の形を彫りこんだものを、飯島七緒が物珍しそうに指先でつまんで様々な角度で眺めてから、カウンターに戻した。

声をかけてきた常連客は北といって、なんでも渋谷のセンター街で占い師をやっているそうだ。その「北米先住民族」という言葉が、ひずるは気に入った。占いとはある種の情報の伝達技術である。言葉の質がそのまま占い師の質になるのではないか。「インディアン」などという無神経な言葉を使わないのは、北が優秀であることの証明に思えたのである。

「ウルフの爪ですか。確か真実の象徴でしたね。これを持っていれば、あなたはあらゆる嘘から身を守ることができる」

「弱者だけに許される、ちっぽけな祈りです」

「だからこそ、切実なのでしょう」

ひずると北の会話に、飯島七緒はまったく興味がないかのように、自分のグラスを

空にした。

——羨ましい人だな、この人は。

なにかを祈るよりは、達成のために動きだすことを選ぶタイプの女性なのだろう。

そうした資質に恵まれなかったことが、自分にはしばしば大きな後悔となる。逆に、それで得をしたという記憶は、ほとんどない。小さな「信仰」を、笹口ひずるはぎゅっと握って、カウンターのなかの工藤に飲み物を注文した。

「結局は赤い手袋なのよ」

七緒の話は、そんな言葉から始まった。今日も現場周辺をいろいろと聞いて回ったらしい。昨日とは段違いの情報量が、彼女に蓄積されたことを知った。

殺害された女性——広瀬美登里《みどり》は、どこにでもいそうなOLであったらしい。どこにでもというのは、適当に仕事に不熱心で、適当に遊び好きで、彼氏以外の男性とも適当に付き合いがあったらしい。

「たしかに、多くはありませんが普通のOLの生態かもしれません」

感想をいうと、七緒が少しだけ驚いたように「へえ」と声を上げた。

「笹口さんから、そんな言葉が出るとは思わなかった」

「派遣社員ですから、いろいろな人を見るんです」

「なるほど、ね」

「すると、かなり交友範囲が広かった？」

「特定できただけで、男友達が三人。しかも確定ではないそうよ」

「それはあまり、普通とはいわないかもしれませんね」

「けれど、幾人もの男に手を出して、もてあそぶような悪女ではなかったらしい」

「淋しがり屋か、優しすぎて誘いを断れないタイプだね」

北の言葉に、たぶん両方なのだろうと、ひずるは思った。

「でも、わたしはどうしても赤い手が気になるの」と、七緒が言う。

「話を聞いてみると、証言をした小学生は、別に後ろ姿しか見えなかったとか、ほんの一瞬しか見えなかったわけではないらしいの。それどころか、正面からはっきりと顔を見ているのよ。縦縞《たてじま》の半袖のシャツをきて、スラックス姿。がっしりとした体型であったことまで覚えているの。だったらどうして、赤い手袋ばかりが印象に残るのかが、わからないでしょ？」

事件の日の気温を考えると、たとえ半袖姿が珍しいものではなかったにせよと、七緒は付け加えた。

「よほど顔つきが恐かったのではないでしょうか。殺人を犯したばかりですもの」

「あるいは、逆。手袋以外の印象が、あまりに薄すぎたか」

「そんなことが、ありえますか？」

「たとえば……普段あまりに見慣れていすぎる顔だとか」

「だったら、近所でよく見かける顔だと、いくら小学生でも証言するでしょう」

「見慣れた姿とは、あまりに落差のある格好をしていたとしたら、記憶に混乱を起こさないかな。見慣れた顔と、見慣れない姿。たとえば日頃は髪型を見せたことのない人間が、それを見せただけで、十分に記憶は混乱するとは思わない？」

ひずるには、返す言葉がなかった。というよりは、飯島七緒の頭脳が構築しようとしている推論が、まるで理解できなかった。ただひとつ、彼女がいまからとんでもないことを言おうとしている事実以外には。そのことだけは、七緒の表情から見て取れた。

「あの」と、工藤が声をかけてきた。

「話し疲れてお腹が空《す》いてはいませんか。昨日の笹口さんのお土産があるんですが、少し変わった食べ方をしてみませんか」

こうした言い回しをするときの工藤が、おいしくないものを出す可能性は皆無といってよい。もちろんと言葉にするのももどかしげに、ひずるをふくめた三人は首を縦に振っていた。

ひずるが京都で買ってきた鯖の棒鮨に、見ているだけで吸い込まれそうな細身の洋包丁が入る。これだけでも十分においしいのですが、ほんの少し手間をかけて、などと誰に話すでもないつぶやきが交じる。見ていると、酢飯からネタを剝がして、酢飯だけを小皿に盛っている。それを蒸し器に入れて、

「十五分程で、変わり味の蒸し鮨の出来上がりです」

そう笑う顔を見ていると、この店だけがまったく別の時間の流れを持っているような気にさえなってしまう。やがて蒸しあがった小皿に細切りにしたネタを戻し、紅生《べにしよう》姜《が》と柚子《ゆず》の細切り、あらかじめ焼いてあった錦糸卵《きんしたまご》を盛り付けると、棒鮨とはまったく異なる逸品ができあがった。舌に載せるとほんのりと温かい感触が、心地よい。

「昨日の警察官だけど、ほら、百瀬《ももせ》とかいった」

七緒の言葉で、現実に引き戻された。私服で店にやってきた警察官は、自ら百瀬健《けん》次《じ》と名乗って、事件のことをあれこれと聞いて帰っていった。もちろん事件そのものについては、本職なのだからひずるや七緒よりも事実関係に明るい。むしろ、赤い魔人の怪談との関わりについて、参考意見を熱心に聴いていったのである。

「あの時は、現職の警察官があまりに熱心に聞いてくれるものだから、つい気を許し

てしゃべりたてたけど」

「どうかしましたか？」

「おかしいとは、思わない？」

カウンターの向こう側から、北が話に割り込んできた。

「うん、それはたしかにおかしいよ」

「北さんも、そう思うでしょう」

「すみません。わたしにはよくわからないのですが」

ひずるの言葉に、七緒の表情がキュッと引き締まった。

「笹口さん、彼に最初に声をかけられたのは店の外よね。その時彼は制服姿だった。つまり彼の仕事は、近くの交番の制服勤務の警察官でしょう」

事件のせいで特別警戒の任務に駆り出されていることは、最初の会話から想像することができた。

「そこが大切なの。殺人事件だから確実に専従捜査班が組織されているはずよ。そんなときに制服組が、捜査に参加するなんてこと、ありうるのかな。まして制服を脱いで、私服で勝手に捜査するなんてことが、組織重視の警察署内で、許されることなのかな」

「七緒ちゃん」と、息を呑みながら北がいった。

「それ以上は、口にしないほうがいい。きみはとっても恐ろしいことを考えているよ」

「わかっています、それくらい。でも、日頃は制服姿しか見せていない警察官、そう、彼らはいつも帽子をかぶっていて髪型すら見せないわ。それがまったくの私服姿になっていたとしたら？　ねえ北さん、わたしのさっきの推論は、成り立たないかな」

ひずるが記憶の片隅にしまっていた光景が、鮮明によみがえろうとしていた。グラスを持った手が、空で完全に静止した。北と七緒の会話が、ひどく遠い。

「すると彼は、警戒任務に就いているふりをしながら、自分に不利な証言者がいないか、チェックしていると？」

「不利な証言にはとくに熱心に耳を傾けて、上層部に伝えるふりをして、密かに握り潰す」

「警察官がいつだって正義の味方である保証はない……か」

「赤い手……レッドハンドの単語の上下を入れ替えるとハンドレッド（百）になるってのは、質の悪いミステリー漫画の読みすぎ……なんだろうなあ」

「まさかね……」という北の言葉が、非現実的に聞こえたのは、ひずるの奥深いところで、

――チガウ、チガウ、チガウ。

と、呪縛《じゆばく》に似た声が響いているためだ。なぜ違うのか、根拠となるべきものが見つからなくて、ひずるは沈黙を守るしかなかった。

「たぶん、違うと思うのですが」

呪縛の声でも、妄想でもない声が、カウンターの内側から届いた。洗浄したばかりのグラスを指の間に三つばかりも挟み、マジックでいうシカゴの四つ玉と同じ手つきで器用に布巾《ふきん》をあてる工藤が、なにげなくいった。そしてひずるを見て、顔全体で笑顔を作った。

「笹口さんは覚えているでしょう。彼が初めてあなたに声をかけてきたときのこと。そうです、店の前で」

「はい、たしかに」

「その時、彼はいったじゃないですか。本来はもっと遠方の管轄だけどって。つまり事件があったせいで、遠方の交番勤務のおまわりさんまで、特別警戒の任務に駆り出されたということではありませんか」

「へえ!?」と、声を上げたのは、飯島七緒だった。本当なのというようにひずるを覗《のぞ》き込み、首を縦に振ると、

「なんだ、一人で緊張していたのが、馬鹿みたい」

と、女性が見ても男性が見ても魅力的な、潔い笑顔で笑い声をあげた。

「近くの交番に勤務のおまわりさんでなきゃ、さきほどの推理は成り立たないものね。仕方がない、また新しい推理を考えますか。今日はこれでおしまい」

七緒の言葉が合図になって、北も「精算をお願いします」と腰を上げた。

ひずるだけが、まったく別の考えに感染していた。

やがて、店には笹口ひずると、工藤のみとなった。壁の時計が午前一時を回り、店の片付けがすべて終って、白い大きな提灯を店内にしまっても、工藤は「お会計をよろしいですか」とは、いわなかった。まるで、自分の言葉を待ってるようだ。

「あの」

「はい」

「実は、わたしなんです」

「なにが、ですか」

「怪談話を作ったのは、わたしなんです。それを近所の子供を使って広めたのも、わ

たしなんです」

いつのまにか、目の前に新しいグラスが置かれていた。同じグラスで、工藤もまたビールを舐めている。味覚を楽しんでいるというよりは、考え事をするために必要な儀式に見えた。

「驚かないのですか？」

「いえ、十分に驚きました」

「どうして……とも聞かないんですね」

「それは、わかっていますから。そうですか、笹口さんが十四年前の事件の目撃者、いや、怪談の内容を考えると、被害者のお姉さんなのですね」

ひずるは、自分の息も心臓も本来の動きを忘れてしまったのではないかと思った。

「すると、百瀬さんが今回の事件にこだわる理由も見えてきそうですね。いえ、彼もやはり十四年前の事件に、こだわっているのでしょうね」

「やっぱりそうですか。すると」

ひずるは、十四年前の光景を今はっきりと思い出そうとしていた。

——変わっていないのに、変わって見える。

それはこの公園が定点であり、流れていったのが自分であるからだと、ひずるにはわかっていた。記憶を介して十四年前と同じ公園に立つと、ブランコに必死にすがり、鉄棒にぶら下がろうと背伸びする自分が、見える気がする。

あの日。母親にいわれて二歳年下の弟の修一郎を迎えにやってきたひずるは、砂場で血に染まった弟の死体を発見した。頭部の打撲が死因であったと、随分と時間が過ぎた頃に知った。

事故説が有力であったにもかかわらず、まだ十歳のひずるは、そこに人がいたことを必死になって訴えた。が、結局殺人であるとも、事故であるとも結論の出ないまま、今日にいたっている。だが、ひずるははっきりと見たのだ。あの時、手を真っ赤に染めてこちらをふりかえった人の姿を。その顔は逆光に照らされて判然としないものの、あの手の色だけは忘れようがない。十四年の時の流れは決して短くはない。

――だからといって！

人の記憶から、事件が失われてゆくのがつらすぎたのだ。事件後、まもなく一家は三軒茶屋を離れて、別の区に移り住んだ。父親が国家公務員であったために仕方がなかったのだと、母はいうが、修一郎の件を忘れたかったことは確かなようだ。

「笹口さん、大丈夫ですか」

工藤の声が耳に届いて、あたりの光景を十四年前から香菜里屋に戻してくれた。

「でも……不思議。どうしてわかったんですか」

工藤は小首を傾げ——どうやらこれが癖のようだ——言った。

「怪談が、どうしても気になっていたのですよ。昨夜の七緒さんの話を覚えていますか」

「ええ、おかしな怪談だって。普通ならもっと怪談の原因になる話があるはずなのに、それがない、と」

「答えがわかってしまえば当然ですよね。小さな子供が見た光景を、なんの脚色もなしに伝えているのですから。だから話に因果応報の法則がないのはあたりまえだし、妙なところでディテールが光っているのもうなずけます。怪談のなかで『とおくのお山が火をふいて』とあるのは、多分、一九八三年の三宅島の大噴火のことですよね。そこまでわかれば、あとは、たやすい想像でした。いまから十四年前に、この周辺で起きた未解決の事件、それも男の子が被害者である事件を探せばよかったわけです。ここから少し離れた若林一丁目の児童公園で起きた事件を調べるのに、たいして時間はかかりませんでした」

「でも、どうして事件だと？」

小心者の自分が、幼い日にみた悪夢である可能性だってあるはずだ。だが、工藤という男は、怪談のなかから実在する事件を探り当てたのである。

「十四年前の出来事だからですよ。もし殺人事件ならば、あと一年で時効じゃありませんか。だから、事件を風化させないために、この怪談は作られた。そう考えただけです。まさかあなたが作者であるとは、思いもよりませんでしたが」

工藤という店主は、カウンターのなかでなにを考えているのだろうか。食材のみで春夏秋冬を知り、あとは客の表情と、つまらない会話のみが、この人の周囲にはあるばかりだ。

——いや。

と思った。そうでないからこそ、この人の店にはいつだって優しい人たちが集まるのだ。

「わたしは無力で、祈る以外になにもできない人間です。弟が事故で死んだのか、殺されてしまったのか。それさえも誰かに訴えることができずに、怪談なんかを作って満足しているような人間です」

ポケットのなかの小石を、握り締めた。ひやりとした冷たさが爪に痛い。

「もしかしたら、怪談に触発されて新しい証言が出てくるかもしれない。あるいは、いくつもの奇跡が重なって、怪談が犯人の耳まで届き、時効前に自首してくれるかもしれない。それはたしかに祈りにすぎないけれど、でもね笹口さん……」

工藤の言葉がぴたりととまった。しばしの空白ののち、

「小さな祈りしか持てないとおっしゃる、あなたの優しさは、大切にすべきです。つまらない誤解でせっかくの祈りを曇らせてはいけません」

「わかるのですか」

「なんとなく」

「わたし、飯島さんの話を聞きながら別のことを考えていました。十四年前のあの時、逆光で見えなかったはずの赤い手の男の顔が、なんだかはっきりとわかったような」

百瀬と名乗った警察官は、三十四、五歳だろう。事件のあった十四年前でも、すでに二十歳に近い。

「けれど、そうではないかもしれませんよ」

「だったら百瀬という人は、どうして事件に必要以上の興味を示すのでしょうか。彼はもしかしたら、事件そのものに興味を示しているのではなく、わたしが作った怪談

に興味を示しているのではないでしょうか」

それはすでに、ひずるにとって、祈りでもなんでもなかった。けれど工藤は静かに首を振って、

「簡単に結論を出してはいけません」

その時だった。店のドアをたたく音が聞こえ、たった今話題の俎上《そじょう》に載せている最中の百瀬の声で、

「開けてくれませんか、マスター。それにひずるさんもいらっしゃるのでしょう。笹口ひずるさん、覚えていませんか、ぼくです。シュウちゃんと幼なじみだった、健次です。百瀬健次です」

「あの日、ぼくとシュウちゃんは二人で公園で遊んでいたんです」

香菜里屋の休日と、百瀬健次の非番とがちょうどうまく重なった日曜日、ひずるの部屋に工藤から電話が入った。たまには戸外で弁当でも食べないかと、口調はのんびりとしていたが、断ることを許さない響きもあった。待ち合わせは、十四年前に弟の修一郎を見つけた、あの公園であった。

——残酷な待ち合わせ場所だな。

とは思ったが、いつまでも過去から逃げ続けることができるわけではない。それに、予感があった。工藤がなにごとかの答えを用意しているという、確かな予知感覚である。

はたして、公園には百瀬健次がいた。

「これもやはり、推理のうえの確信だったのですか」

ひずるが聞くと、工藤は表の日差しが眩《まぶ》しいのか目を細め、

「だって、弟さんのそばには、バットとボールがあったのでしょう。もう一人いるのが、普通じゃありませんか」

その言葉を引き継いだのが、先の百瀬健次の言葉だった。

「それにね、笹口さんは百瀬さんを随分と年上のように思っているようですね。警察官って、でも制服や態度のせいで、実年齢よりも老けて見られがちなのですよ」

「でも、まさかわたしより年下だなんて」

がっしりとした体躯に低い声、それも人生のすべてを悟り尽くしたような落着き払った口調が付けば、と、ひずるは反論しようとしてやめた。それを察したのか、百瀬が、

「それに、あの頃は痩《や》せっぽちでしたから」

言葉ではなく、首で相槌《あいづち》を打った。

「警察学校でしごかれると、誰でもこうなってしまうんです」

だから、あのちびの健ちゃんとはわからなかったのだとは、さすがに言い訳がましくていいえなかった。

「でも、ぼくはすぐにあの怪談が、シュウちゃんの事件のことだとわかりました。誰が作ったのだろう、もしその人に会えたなら、今度こそ本当のことを話さなければと。そんなときでした、事件が起き、まさかひずるさんと出会うとは思わなかった。ええ、すぐにあなただと気付きました。同時に、怪談の作者であることも。よほどすぐに話をしようかとも思ったのですが、他に人がいて、機会に恵まれなかったのですよ」

十四年前。弟の修一郎が死んだのは、やはり事故だったのだと百瀬はひずるに告げた。百瀬がトイレにいっている間に、砂場のそばの滑り台から転げ落ちたのだそうだ。百瀬健次はそれを見てすぐに走り寄ろうとしたが、それよりも早く、たまたま近くを通り掛かった通行人が、修一郎を抱き上げたのだ。百瀬は一瞬、迷った。どうしてだか、わからない。今、駆け寄ると、その通行人からひどく叱られるような、そんな気がしたそうだ。子供とは、えてしてそのような考え方をするのかもしれない。それでトイレの陰に隠れたまま様子を窺《うかが》っているところに、ひずるがやってきた。そして、ひずるの上げた悲鳴に、今度は通行人が驚いて、逃げ出してしまったのだ。

「すみませんでした。あの時ぼくが、きちんと名乗り出てさえいれば」

「もういいです。真相がわかっただけ、救われる思いがします」

嘘ではなかった。その証拠に、ポケットのなかの小さな「信仰」を握り締めると、今日も小石は温かい。願いも祈りも、きちんとかなったからであろうと、解釈することにした。

大きく伸びを打ったところで、「弁当でも食べませんか」と、工藤がいった。

「簡単なサンドイッチしか、作ることができませんでしたが」

と、決して簡単にはできそうにない、数種類のサンドイッチを籐製容器から取り出した。

「結局、赤い手の魔人伝説と、今回の事件とは、なんの関係もなかったのですね」

「そうともいえますし、そうでないかもしれません」

工藤の人を喰った返答に、百瀬健次が表情をわずかに変えた。

「というと？」

「笹口さん、飯島七緒さんの説を説明してさしあげてください」

「でも、それは」とひずるはいい澱んだ。まさか百瀬を前にして、本人犯人説を唱えるわけにもいかない。それでも「どうぞ」と百瀬までがいうので、しかたなしに赤い手の印象と、制服と私服による錯覚について語った。

「ひどいなあ。いつのまにか犯人にされていたんだ」

百瀬の声は、どこかのんびりとしていた。あるいは、十四年間のわだかまりという荷物を下ろしたせいかもしれない。そのことが、彼に警察官という職業を選ばせるほどの人生上の大きなファクターとなっていたそうである。

「基礎部分を残したまま、別の要素を考えてみませんか」と、工藤が言った。

「別の要素？」

「たとえば、赤い手は手袋を表わしてなどいない、とか」

「まさか！　では犯人は本当に赤い手の魔人だなんて」

「ただ単に手が赤かったと考えられませんか」

サンドイッチに入っている、塩漬けのサーモンが、ケパーの酸味と交じってなんともいえず、おいしい。そのはずなのに、味がわからなくなりつつあった。

「たとえば、ひどく陽に焼けていたとか」

「事件前後、夏日がつづきましたから決してないとはいえませんが、うーん、考えづらいですね」

警察官の口調で、つまりはどこか疑わしそうな口調で百瀬がいった。

「それに、半袖姿で陽に焼けていても、赤い手の魔人といいきるほどに、印象が強くなりますかね。だって、ほかの人だって条件は同じですから」

ひずるが反論を重ねても、工藤の笑顔にはなんの翳《かげ》りも生まれなかった。

「だから、ほかの人とは条件が違っていたのです。赤い手のみが印象に残ったということは、その部分以外は陽にまるで焼けていなかったことでしょう」

「つまり事件の時だけ半袖で、普段は長袖をきていた？」

「もしかしたら、それが制服かもしれませんね。それに、七緒さんがいっていた、日頃は髪型を隠しているという説も、なかなか捨てがたい」

「それは、やはり我々警察官ということですか」

「それだけではないでしょう」

それに指紋の件はどうなるのか。もしも犯人が手袋をしていなかったとすれば、部屋に指紋が、といいかけて、ひずるはあっと息を呑んだ。

――別に気にしなくていいんだ。

むしろ指紋があったほうが、自然な場合がある。

「それに、いくら長袖をきていたとしても、やはりそれほどひどくは陽に焼けないでしょう。普通のひとはこうやって……あっ！」

手を下におろして気を付けの姿勢をとろうとした百瀬までが、途中で息を呑んだ。

「そうですね、たしかに普通の人ならばそれほど真っ赤に日焼けすることはないでしょうが」

「でも彼ならばありうる、それに長袖だっていつもきている。いくら暑くても」

「髪型だって、いつもはわからない。目的の場所に着いたって、あれを外さない人は多いもの」

百瀬の声に、ひずるも声を重ねた。どこかで、エンジンの音がした。

「もちろん動機については、なに一つわかりません。けれど我々は犯人の特徴を並べることはできるはずです。日頃見慣れているのに、服装が変わっただけでまるで印象が変わってしまい混乱を招いてしまう人物。しかも彼は日頃長袖を着用していて、髪型さえも人には見せることがない」

工藤がまるで、歌うようにいった。

「しかも指紋が残っていてもなにも怪しまれず、いやむしろ彼の指紋がどこにもなければ、かえって怪しまれてしまう」と、百瀬が続けた。

「どうして小学生が赤い手の魔人と間違えるほどに、手首から先のみが陽に焼けているのかといえば」これは、工藤。

「いつもこんな姿勢をとっているから」

ひずるの言葉に三人が同時に両手を胸のところにあげた。手の甲を上にして、なにかをつかむような仕草で。

「つまりは、彼！」

三人がサンドイッチを広げた公園のすぐ前を、バイクが走りすぎていった。それは白い長袖の上っ張りを着て、目深にヘルメットをかぶった蕎麦屋の出前持ちの姿だった。

七皿は多すぎる

「回転寿司屋で鮪《まぐろ》ばかり七皿も食べる男がいたとしたら、不思議じゃないかね」

東山朋生《ともお》がカウンターの中でグラスを研《みが》いている男に向かってかけた、最初の一言がこれだった。


夜の闇にさえ、微かな温味が感じられる。それに呼応するかのように、桜の花びらが降っている。たとえるなら、

――暖かな雪の、降る夜だ。

新玉川線三軒茶屋駅から、表のアーケード街を道一本外し、裏通りを歩くと、夜の暗さのなかに白くぽってりと膨らんだ光の筒が見える。光に近付くと、その白い腹に気持ちの良い文字で「香菜里屋」とある。その店の中での会話である。

カウンターのなかの男、工藤哲也がこちらに視線を向けて、小首を傾《かし》げた。彼が着用しているワインレッドのエプロンの中央で、ヨークシャーテリアの刺繍《ししゅう》が正面に向かって小首を傾げている、それとそっくり同じ仕草である。

東山朋生の前には、鮪のトロを賽《さい》の目に切り、ガーリックバターで照りつけたひと

皿が置かれている。

「鮪ばかりを七皿ですか？」

「それも町のどこにでもある回転寿司屋で、だ」

「まあ、最近ではああしたお店もずいぶんレベルをあげていると、話には聞きますが」

「それにしても、七皿だよ」

「どうやら東山さんが直接目にした出来事では、ないようですね」

「ああ、二週間ばかり前のことだ。家の近くのスナックで飲んでいると、中年男と若い男の二人連れが入ってきてね。いや、常連じゃない。初めてみる顔だったよ。その二人がこんな話を始めたんだ」

——まあ、そんなに固くなるものじゃない。兄貴、いやお前さんの親父殿とちがって、わたしは生来の怠け者で、人生を半分冗談で過ごしているような男だ。どうしてこんなにも兄貴と性格が違うものかと、よくわたしたちの親父、ホラッ、故郷のお祖父《じい》ちゃんのことさ。その親父が酒をのみながら言ったものさ。

「お前たち、その性格を半分ずつ相手に譲ることはできんのか」

とね。兄貴はお前さんも知ってのとおりのあの性格だから、今のような仕事がやっていられるんだ。石部金吉《いしべきんきち》が頭の上からコンクリを流したような固さだからな。いやはや、まったくあれくらい性格と仕事があっている男もめずらしいぐらいだ。もっとも家族はたいへんな重荷を強《し》いられている？　それはそうかもしれない。なにせ忙しくなると、家族のことはまるで放り出してしまうことがあるからなあ。だけど勘違いをしちゃいけない。いくら仕事が忙しくても、頭のなかから家族のことがすべてなくなるわけじゃないんだ。今夜だって、お前さんが最近、おかしな女に捕まって、仕事が手に着かない。父親である自分が本来ならば事情を聴取して、ことの善悪を問いただすべきではあるが、

「おれは見てのとおりの朴念仁《ぼくねんじん》だ。色恋といえば二年前に亡くなったあいつの母親が金輪際《こんりんざい》、一人っきりという有様では、なにをいう資格があるものか。その点ではお前は昔から、町内でもそれと知れた遊び上手（ほっといてくれといいたいが、ね）。ついてはあいつから、詳しいことを聞き出して、場合によっちゃあ助言をしてくれまいか」

と、こういうわけさ。いくら小さい頃から放りっぱなしにされてきたといっても、そこは親、そこは子の関係という奴は、切っても切れない絆《きずな》があるものなんだ。

それでは、わたしにははっきりとしたことを話してくれるね。お前さんが入れ揚げている女性というのは、どういう素性《すじよう》の人なのかね。

ふうん。スナックで働いている女性で二十四歳。お前さんよっか八つも年下なのか。それで水商売のほかには、なにか仕事を持っているのかい？　なに、昼間は学生なのか。それで親から仕送りも受けず、それどころか、月々わずかずつでも逆に故郷にお金を送っている。そりゃあたいした孝行娘だ。しかし水商売は良くないな。親父様が心配するのは無理もない。

たしかに昨今、景気の波がとんと見えないベタ凪《なぎ》の世の中だ。苦学生が働くには条件が厳しいとは思うが、それでも水商売ともなると、本人の気にそまない客の相手もしなきゃなるまい。そうした積み重ねが、人の心を自然に荒《すさ》んだものにしてゆくんだ。今は気を張って働いているからいいものの、そのうちには地回りのやくざ者に目を付けられ、転落の夜道をとんとん拍子。おっと、これは口がすぎたようだ、許しておくれ。

そうならないためにも、自分が付いていてやりたい。お前さん、本気だね。本気で相手に惚《ほ》れて、それじゃあ相手の女性が卒業するのを待って、結婚したいというのだね。わかった。そうなれば話は別だ。お前さんの気持ちが本物と知れたかぎりは、この恋路、邪魔なんぞするものじゃない。たしかに親父様の職業ならば、色々気を遣《つか》う必要はあるけれど、お前さんは天下晴れての自由人なんだ。誰に遠慮することがあるものか。わたしが折りを見て、兄貴を口説き落としてやろうじゃないか。その代わり、だ。お前さんももう少し頭を使わなきゃいけない。夜中に相手の女性がポケベルを鳴らしてきて、急に態度をそわそわさせて外出するなんて、高校生の恋愛ごっこじゃないんだ。もっと男はどっしりと構えて、なおかつ親父様に心配をかけないよう、小狡《こずる》く立ち回るぐらいの器量は、必要だよ。たとえば、そう。あれは先週だったか。お前さんの親父様が急に忙しくなった日の前日から三日間、わたしは不思議な光景を見たんだ。参考になるかどうかわからないが、その時の話をしてあげよう。

「で、東山さんてば。いつ回転寿司で鮪ばかり七皿も食べる男の話が出てくるのさ」

いつのまにカウンターに座ったのか、常連客の高林が、もどかしげに聞いた。工藤は、高林に出す小鉢の料理を作るために厨房《ちゅうぼう》でフライパンを使っていた。そうしながらも、東山の話には耳を傾けている。高林はある夕刊紙の記者をしているそうだ。そのためか、こうした話にはすぐに興味を示す。

「あまり前フリが長いと、観客が帰っちまうよ」

「そうした台詞《せりふ》は、まず木戸銭を払ってから言うものだ」

高林の皮肉をやり過ごしておいて、東山は再び話し始めた。そこへ工藤が、小鉢を持ってきた。ガーリックバターの匂いが、ぷんと香った。

「ここからが本題だ。年長の男が奇妙な話を始めたんだ」

——兄貴が急に忙しくなったのが先週の火曜日だから、その奇妙な出来事は月曜日から始まったことになる。

まあ、わたしの仕事というのは勤務日があってないような浮草暮しで、その日も昼すぎまで寝て、ようやく午後一時に起きたような按配《あんばい》だった。さて、朝食兼用の昼飯をとろうかと街へ出て、ふと目に付いたのが駅前の回転寿司屋だったんだ。お前さんも知ってのとおり、わたしは長く放蕩《ほうとう》暮しをやってきていて、これでも口は少し肥えているつもりだ。まちがってもベルトコンベヤの上を回る寿司なんぞ、口に入れようとは思わない。その日に限って、どう言うわけだか直感めいたものが働いて、その店に入ろうという気になった。今から考えると、某《なにがし》かの因縁を感じていたのだろう。

店に入ると、ほかとは違ったところが一つあった。ベルトコンベヤの内側が板場になっていて、常時三人の職人が握っているところは、この規模の回転寿司屋では当たり前の光景なのだろう。その中の一人、奥の板場に立っているのが女性の職人なんだ。普通の寿司屋でも、女性の職人はまだまだ珍しい。もしかしたらここは、日本でもごく珍しい女性が握る回転寿司屋なのかと思うと、自分の直感が決して外れてはいないと、悪い気はしなかったものさ。昼食時をずらしたためか、客がわたし一人というのも気持ちが良かった。

味はどうだったかって？　そりゃあひと皿いくらの回転寿司だ。味なんて語るほどのことはあるまい……そう思って口にしたわたしは、ちょっとびっくりしたよ。これが意外にうまいんだ。なるほど、寿司の命は一にも二にも「ネタの活《い》きの良さだ」なんてしたり顔で口にする輩《やから》が多いけれど、それがいかに浅学の妄言《もうげん》であるかがよくわかったよ。大切なのは、ネタとシャリとのバランスなんだ。ネタがそこそこでも、もちろん山葵《わさび》が粉山葵であっても、握り手に腕さえあれば、この値段でこの味が出せるものかと、しばし感心して、言葉を失ったほどだ。

おっと、話が横に逸《そ》れてしまったようだ。大切なのは寿司の味じゃない。しばらく経って店に入ってきて、その女性職人の前に座った、初老の男のことなんだ。

わたしはひと息ついて、茶を飲んでいた。そうして何気なく、客の方を見ていたんだ。男が最初に取ったのは、鮪の皿だった。鮪は江戸前寿司のいわば華だ。最初はなにをおいても鮪の寿司から、という客は珍しくない。しかもこの店の鮪は、冷凍物にしてはできがよかった。きっと解凍方法に、よほど工夫があるのだろう。

（常連かな？）

そう思っていると、男は次も鮪の皿を選んだんだ。よほど鮪の好きな人なのだな、と思うと、俄然《がぜん》興味が湧いてきた。だってそうだろう、いくらレベルが低くないとは言っても、しょせんは回転寿司屋だ。鮪がよほど好きで食べたいなら、やはり普通の寿司屋なり、あるいは自分で築地の場外に行って、やすくてうまい切り身を買ってくればいいんだ。握りは作れなくとも、鮪の丼《どんぶり》くらいは誰にでもできる。

なによりも、男の視線と仕草が気になった。とても鮪が好きで、自然に手が伸びるといったふうではないんだ。なにかを狙《ねら》うような、あるいは掠《かす》め取るような手つきだった。

次もまた、鮪だ。こうなるとどうしても目が離せなくなる。そうこうするうちに男は、立て続けに七皿の鮪を食べ、そうして金を払って出ていったんだ。

七皿だよ。鮪ばかり七皿。わたしにはわけがわからなかった。これが大きな意味を持っていると気付いたのは、何日も後のことだった。

話がひと区切りついたところで、東山はビールのお代わりを注文した。

「少し、アルコールの弱いものになさいますか」

この店には、アルコール度数のちがうビールが四種類おいてある。気分と体調によって、最高十二度、最低三度のビールを楽しむことができる。

東山が頷《うなず》くと、すぐに工藤は別のグラスを取り出し、ビアサーバーの金属の口に当てた。カウンターには高林の他に、「ペイさん」の愛称で知られる北君彦《きみひこ》の姿もあった。

北は渋谷のセンター街で、街頭の占い師をやっている。「占いは情報処理の一様式」が口癖だけあって、女性週刊誌のゴシップネタから経済記事の内容まで、感心する程よく知っている。

「鮪ばかり七皿とは、奇妙ですね」

そうやって頷く仕草は、まさに占い師そのものだ。今日は仕事は休みなのだろう。ジーンズに薄手のブルゾンという姿をしていても、職業の癖は抜けないと見えた。

「ただ、単に鮪が好きなんじゃないの？」

と、高林。

「それじゃあ、スナックにやってきた男というのは、つれの若い男になにか、鮪が好きで好きでたまらない男の話を、延々聞かせたのですか。相手は付き合っている女の子のことで、親父さんに反対されて、悩んでいるってのに」

「だからこそだ。その鮪男みたいに、好きで好きでたまらなければいつかは活路が開けると……」

「回転寿司の鮪を七皿食って開ける活路ねえ、それで恋愛問題に決着が付くなら、我々占い師はみんな失業です」

「だいたいが、占い師なんてのは詐欺《さぎ》師と紙一重《かみひとえ》だろうが。だったらまだ、腹に入って血となり肉となる鮪七皿のほうが、良心的だ」

「ちょっと、言っていいことと悪いことがありますよ」

「ところで！」と二人の間に割って入ったのは東山だった。「せっかくの論争に水を差すようで悪いが」と、言葉を切って、

「話の続きを聞きたくはないかね。これからが面白いんだ」

――お前だったらどう思う。わからないか？　当然だろうな。わたしにも最初は、これがどういうことなのかさっぱりわからなかった。わからないことがあると、確認

しなければ気が済まない質《たち》なんだな。この辺りだけは、わたしたち兄弟が共通して持ち合わせた性格らしい。

わたしは、次の日も同じ店に行ったよ。同じ時刻に。どうしてかって？　もし男が鮪を食べたいという以外の理由で、鮪ばかりを選んだとしたら、その行為になにかの意味があるとしたら、他の時間帯ではまずいのではないか、と考えたんだ。たとえば時間を少し早くしてごらん。昼食時にかかって、店は客でいっぱいだ。次から次に鮪の皿は、他の客に取られてしまう。男がどの鮪を取ったか、誰にもわからないじゃないか。やはりあの時間帯、他に客がほとんどいない時間帯だったからこそ、男は鮪ハンティングにやってきたんだ。

ほかにも店が空《す》いている時間帯があるだろうって？　そいつはいいところに気が付いた。ところがあした店、回転寿司屋に限ったことではないが、店には職人のローテーションがあってね。ある職人がその店にいる時間というのは、ほとんど一定しているんだ。男が鮪ばかりを食べることで、誰かになにかを伝えようとしたなら、その相手は店にいる人間にちがいない。とするなら、例の男がやってくる時間もまた、店にいる人間Xによって決定されると考えなければならない。

鳩《はと》が豆鉄砲を食らったような顔をしているじゃないか。わたしがこんな話をするのがおかしいかい。たしかに、お前の親父さん、兄貴からはいつも散々に言われているからな。穀潰《ごくつぶ》しだの、人生のバンスキングだの。まあいいさ。

話を続けよう。男はわたしの予想どおり、翌日も店にやってきたよ。客もあの日と同じ、わたしと例の男だけだ。ベルトコンベヤの中の職人もまた、昨日と同じ顔触れ。男は昨日と同じ席に座り、ベルトコンベヤの上の皿を物色するような目付きでしばらく眺めて、おもむろに一枚の皿を取り上げた。

もちろん、鮪だった。後は昨日の繰り返しだった。男は丁寧に流れる皿を眺め、狙いを定めた鮪を、取っては食べ、取っては食べ。この日は八皿平らげて「お愛想」というわけだ。

他に気が付いたことはないかだって。さすがに血筋は争えないな。そうだ、三つばかり気が付いたことがある。一つは、男が食べる鮪なんだが、どれでもいいというわけではないらしい。時には鮪の皿を見逃すこともあるというわけだ、それもなん皿も、だ。もちろんまだ手元に食べ掛けがあってもなくても、男はあるひと皿を狙う必要があったらしい。口に一つ目の鮪（こうした店はひと皿に二かんと決まっているからね）を、頬張っているというのに、次の皿を取ることもあったほどだ。

次に男の持ち物が、意外なほど高価であったこと。財布を出したときに気が付いたのだが、あれは山梨県に本店のある「I」という店の品物ではないかな。わたしも同じ名刺入れを持っているからよくわかるんだ。鹿革を丁寧にのして細工したもので、海外ブランドの逸品にだって負けない値段と価値のあるものだ。わたしのように不純な動機があって通いつめる以外には、どう見ても街の駅前にある回転寿司屋の常連客には見えないということだ。

三つ目は、くだらない法則なんだが、わたしはベルトコンベヤの上を流れる寿司の皿に、ある一定の約束事があることを見付けたんだ。つまりこの店では、流れる皿のネタを均等にするために、ある目印を付けているんだ。その目印を頭にして、全部で十通りの寿司のネタが常に一定順序で流れることになっている。すなわち、

◎鮪・納豆《なっとう》巻き・かんぱち・おしんこ巻き・かいわれ
◎鮪・鯛《たい》・太巻き・鱈子《たらこ》・数の子
◎鮪・平目・青柳《あおやぎ》・いくら・小柱《こばしら》
◎鮪・こはだ・ウニ・げそ・鰺《あじ》
◎鮪・蝦蛄《しゃこ》・白魚・鉄火巻き・卵焼き
◎鮪・鰯《いわし》・トロ・ミル貝・細魚《さより》

◎鮪・赤貝・海老《えび》・タコ・穴子
◎鮪・キス・しめ鯖《さば》・鮑《あわび》・平貝《たいらがい》
◎鮪・とり貝・サーモン・アボカド巻き・カッパ巻き
◎鮪・いか・蛤《はまぐり》・山牛蒡《ごぼう》・鰹《かつお》

分かるかな。鮪を目印にして、十通りの配列があることが。中の三人の職人は、それぞれ順列を覚えておいて、足りないものがあればこれを補充すれば良いというわけだ。面倒なようだが、これはとても合理的な方法だと思う。目で見て足りないものを作れば良いのだから、補充にロスが少なくなることは一目瞭然だ。さすがにあした店では、薄利多売をモットーとしているだけに、商品ロスだけは避けなければならないのだろう。

以上が二日目のわたしの観察結果だ。どうしてわたしがこんな話を長々としていると思う？　もちろん、今のお前になにかをつかんでほしいからだ。だから答えを急ぐことはするまいと思っている。できれば自分の知恵で、この男の謎を解明してほしい。それがいいことにつながるか、それとも兄貴から、

「どうしてこんなくだらない知恵を付けたんだ！」

と怒鳴られるかもしれない。だが、お前ならきっと、一つの大きな人生の知恵を学んでくれると思うのだがね。


「一つ聞いていいかな」

高林が、東山に向っていった。

「先程の寿司の配列だがね、これは正しいのか」

「話の途中から面白くなってね。密かにメモを取っていたんだ。これでも速記を少しかじっているのでね、正確であるはずだ」

「ふうん、そうか。そこまで自信があるなら、信用してみよう」

東山が口開けであった店の中が、随分と騒がしくなった。最近ではこの店も、若い女性客がふえている。

——こうしておじさんたちの聖地が、また一つ消えてゆくのである。

いっそ、工藤が「ミーハーギャル禁令」でも発動してくれたらいいのにと、東山は思う。けれど口に出すことはできないし、工藤がそんな野暮な真似をするはずがない。いつだって柔らかい笑顔で客を迎え、店が無事閉店することを心から日々願っている男なのだ。

──ただし……。

客にたいして無関心というわけではない。時に、驚くほどの博識ぶりを発揮して、こうした奇妙な謎を解決することがある。そんなときの工藤は少しだけ悪戯《いたずら》っ子のような顔になり、「はっきりとしていることがいくつかあります」等といいながら、自分専用のピルスナーグラスからビールを舐《な》めるのである。

「はっきりとしていることが、ひとつあります」

工藤の手にグラスが握られていた。「えっ」と、カウンターに居座った中年男三人が、声の方を見た。

「あくまで、今のところ、としか言えませんが」

「本当かい。あれだけの話で、事件の全貌が見えたのですか?」

北の目が、いつになく疑わしかった。言葉こそ丁寧だが、いつだってひとの話を本気で聞くことはない。占い師は、相談相手の話を信じすぎても、疑いすぎてもいけないのだそうだ。「どちらに過ぎても、それは二流の占い師なのです」そんなことを、以前に話していたのを、東山は思い出した。

「すべてが分かるはずがありません。ただ、その鮪男氏ですが、きっと板場にいる、女性の職人さんに、用があったのでしょうね」

「なんだ、そんなことなら俺にだって想像ができた」

高林が口を尖《とが》らせると、後ろの席のどこかから「マスターとあなたでは、頭のできが違うでしょう」と、小さなつぶやきが聞こえた。高林が、首をすくめた。

――どうやら、マスターの熱烈なファンが来ているらしい。

工藤はまったくの年齢不詳である。しかも誰にでもやさしい。男らしさや強さがもてるという時代は、

――歴史の教科書でもあたってみなければ、もう見つからないかもしれない。

カウンターの男三人の視線は、そのようなことを無言のうちに確認しあっていた。

「では、続きを話すとするか」

東山がいった。

――言うまでもないことだが、男はベルトコンベヤの内側にいる、女性の職人に、何事かを伝えたかったんだ。まあ、わたしが言っても仕方のないことだが、そりゃあ中年増《ちゅうどしま》でね、年の頃なら三十四、五か。ちょっと男勝りの眉がいいアクセントになっているんだ。さぞ焼きも強いことだろうよ。男にだってなかなかなびきそうにない。あれなら彼女目指して通う常連も、多いことだろう。

例の男が、下心を持って店に通ったのも、ほぼ間違いのないことだろう。そして三日目だ。またも男はやってきたよ。同じ時間、同じ席に座り、今度は七皿の鮪を食べていった。これだけでも、男が鮪を食べるためだけにやってきたのではないことが分かるだろう。いくら鮪が好きでも、三日続けて七皿、八皿食べるものか。確かに昔、北大路魯山人《きたおおじろさんじん》という偉い通人《つうじん》がいてね、「好きなものがあったら毎日、毎食、飽きるまで食べなければ、味の本質は分からない」といったそうだが、いくらなんでも回転寿司屋でそれをやったのでは、悪趣味が過ぎるというものだ。

どうだい、そろそろ男の鮪喰いの秘密がわかっただろうか。

ふん、一日目が七皿で、二日目が八皿、そして三日目が七皿。このちがいに秘密を解く鍵がありそうだって。いいところに目を付けるじゃないか。まさしくそうなんだ。当然食べた数が違うとすれば、伝えるべきメッセージの内容にも差があるはずだ。あと少しだ。あとは男のメッセージを読み解くための方法論さえ思いつけば、この奇妙な暗号は解けるよ。

おや、もうこんな時間か。そうだこいつは宿題にしようじゃないか。次に会うときはそうだな、一週間後だろう。その時までによく考えておくんだ。さあ、これを持ってお行き。回転寿司屋の、鮪を目印とした配列表だ。こんな所にも、思わぬ乱数表が隠されているかもしれない。

いいかい、忘れるんじゃない。これを解きあかせば、きっとお前さんにとっての大きな知恵になるはずだ。

そうそう、ところでお前さんの見初《みそ》めた女性についてだが。どうだろう、身分ちがいがあるというなら、いっそどこかに養女に入っては。江戸の昔、なんて言うと生きた化石みたいで笑われそうだが、当時はこうしたことが決して珍しくはなかったんだ。身分ちがいの男女が結婚するときは（ほとんどは男が武士で、女が町娘という場合が多いが）、女をいったんどこかの武家の養女にしてしまうんだ。こうすりゃ、相手と釣り合いが取れるというわけさ。

もし、お前さんがそれを希《のぞ》むなら、わたしがなんとか世話をしてあげよう。そうすりゃ親父様だって、顔が立つというものじゃないか。任せておきなさい。そうしたとには、不思議と顔が利《き》くんだ。わたしは、ね。

じゃあ、一週間後に、またここで会おうじゃないか。

東山が、長い話を終えて、目の前のビールをうまそうに飲んだ。もう一杯と、グラスを振って工藤に差しだそうとした、そのグラスを高林が取り上げた。

「ちょっと待て。まさかそれで終りじゃないだろうな」

「すごいぞ、大正解だ」

「一週間後に、その店には行かなかったのか」

「仕事の都合があってね、ちょうど取引先のために作ったプログラムに、たいへんなバグがあることに気が付いて」

「そんなことを聞いているんじゃないのです！」

黙って話を聞いていた北までもが顔色をかえて、東山に迫った。

「ここまで話をのばしておいて、これでは解決編のないミステリを読まされているも同然ではないですか」

「なんだか、最近のニューウェーブミステリでは、そういう作品もあるそうだが」

「おれは、ガチンガチンの様式美ミステリのファンなんだ。そんな波など、絶対に認めない」

高林の遠吠えのような声に、東山が、おかしそうに笑った。「あんたがミステリファンだとは、ついぞ知らなかった」そう言っておいて、

「つまり、だ。解答は自分で見付けるほかはないのさ」

言葉の最後で、東山の顔がふっと曇ったことを、誰も気が付かなかった。そこへ工

藤が、大きな俎皿《まないたざら》を持ってきた。

「形の良い鱒《ます》をいただいたのですが、ちょうどこの季節は鱒も脂を落とし切っていますので、少し手を加えました」

皿の上には、体長三十センチは十分にある、巨大な魚の開きが載っかっている。

「その、鰺じゃなくって、鱒を開きにしたの」

「本人は薫製《くんせい》のつもりだったのですが……どうでしょう？」

こうして工藤が笑顔とともに差し出す料理に、まずいものは皆無といっていい。さっそく三人が薫製に手を付けると、各々の口から、ため息とも吐息ともつかない、ただただ感嘆の空気が漏れた。もちろん料理は他の客にも配られ、同様の反応を得た。

満足そうに笑って、工藤が自分のグラスにビールを注いだ。

「ちょっと仕事をサボタージュするための、賄賂《わいろ》だと思ってください」

そう言って、カウンターの角に座った。もちろん誰も文句は言わない。その時だ。

俎皿に顔をつっこんでいた高林が、

「解けた！」

と叫んだ。その声があまりに突飛で、しかも口には薫製を頬張ったままだったので、また後ろの席で顰蹙《ひんしゆく》の笑いが聞こえる。高林はビールで口の中の物を喉《のど》へと流し込み、精一杯の虚勢の表情を浮かべて、笑い声の主をにらんだ。もちろん、それはかえって相手の顰蹙を買うばかりである。

「食べるか、叫ぶか、飲むか。どれかに集中しなさいよ」

と、北。今度は高林の顔がそちらに向けられ、たった今、天上の快感を体験したようにニヤリと笑った。

「おれには鮪男の暗号が解けたぞ」

「まさか!」

この声は複数の席からあがった。

「皆は、鮪にばかり気がいって、事の本質を見失っているんだ」

「まさか、高林さんの口から『事の本質』などという言葉が聞けるとは」

「人がしゃべっているときは、黙って聞く。そう通知表に書かれなかったか?」

また一口高林がビールを飲む。その口元に皆の視線が集中した。

「鍵は、鮪が他のネタに比べてはるかに多く、ベルトコンベヤのラインを流れているということだ。十通りの組合せが鮪を頭に構成されているとすれば、単純計算でも他のネタの十倍は流れていることになる」

高林が、あたりを睨《ね》めつけ「わかったか」とでも言うように首を振った。

「こんなもので暗号を作るなどということ自体がばかげている。大切なのは鮪じゃないんだ。鮪の次のネタなんだよ」

「鮪の次のネタ？」

「いいか、よく見ろ」

いつのまにメモしたのか、高林は汚い字で書かれた十通りの組合せ表を示した。

「男は、この十通りの組合せの中から任意の鮪を選び、中の女性の職人になにかを伝えようとした。そこで、だ。おれは男が選んだ組合せ、つまり鮪の次のネタは以上であったと推理する。赤貝、納豆巻き、鯛、こはだ、平目、蝦蛄《しゃこ》、いか」

「どこに意味があるんだ？」

「それぞれの頭文字を取出し、読んでみろ。

ア・ナ・タ・コ・ヒ（イ）・シ・イ
つまり『あなた恋しい』になるじゃないか。これこそ流れる寿司にこめられた秘めたる恋の暗号だ」

得意そうにグラスをあげ「すばらしき恋人たちに乾杯！」と笑うのは、高林ばかりだった。周囲の空気が、癒《いや》しようもないほど静まり返ったことに、

——この男は気が付かないのか。

と思ったのは東山ばかりではない。ただ一人、工藤だけが「すばらしい！」とでも言うように、手をたたいていた。

「ばかばかしい！」

吐き捨てるように反論の狼煙《のろし》をあげたのは北である。

「よくもそこまで、恥ずかしい推理がブチあげられますね。なにが『あなた恋しい』ですか。演歌の花道じゃあるまいし。じゃあ、二日目に男が八皿の鮪を食べたときはどんなメッセージがこめられていたんです？

赤貝・いか・蝦蛄・鯛・平目・とり貝・こはだ・鰯の順序で『愛したひと来い』のメッセージを送ったというのですか。ああ、恥ずかしくって顔から火を噴きそうだ。

だいたい、ざっと鮪を入れて四十種以上のネタがあるんです。ネタの頭文字を取るなら、それらを直接取ったほうがどれだけ分かりやすいか」

「だったら、お前はわかったのか」

「いま、考えているところです。もう少しで解けるはずなんですが」

そう言って、北もまたカウンターでメモを取り続けている。そうしながら、

「寿司は大きく分けて赤身と白身に分けられるんです。それを途中で止めるのが貝類と巻き物だとしたら。さらにそこから赤身である鮪を取りのぞくと」

「なにをやろうとしているのですか？」

その時初めて、工藤が北に問い掛けた。

「信号だよ。これはきっとモールス信号なんです。つまり赤身のネタと白身のネタに分け、それぞれを『・《トン》』と『ー《ツー》』に代入すれば。いや？　もしかしたら」

「なるほど、モールス信号なら、ひらがな四十七文字はすべて五つ以内の音の組合せで表わすことができますからね」

北の持っているビジネス手帳の後ろに、モールス信号の一覧があるらしい。しきりとページをめくり、また元に戻しながらメモを取っている。

「そうなんだ。それでさっきから組合せを考えているんだが。どうしても鮪という赤身のひと皿を取ることでできるモールス信号が、十通りの組合せから抽出できないんだ」

「もしかしたら、百円の皿と二百円の皿に分けるのかもしれませんね」

「それだあ！」

今度は高林が、北の手帳を取り上げ夢中になってメモを作り始めた。いや、高林ばかりではない。店にいた数人の客までもが、北のビジネス手帳からモールス信号の一覧を書き抜き、今度は回転寿司の組合せ表を書き留めて、謎の暗号解読を始めてしまった。参加していないのは、東山と工藤ばかりである。

「マスターも人が悪いね」

「そうでしょうか。肝腎《かんじん》のパーツを隠しておいでになる、東山さんの方が、はるかにお人が悪いと思いますが」

東山が驚いたように工藤を見て、次ににやりと笑った。「いつもながら、良い勘している」笑いがそう言っていた。

「そろそろ、解答編を公開しては、いかがですか?」

「そうだね、潮時かもしれない」

東山は、パンパンッと手を打って、周囲の視線を自分に集めた。

「さあ、時間切れです! ここからはイッツ・ショウタイム! じゃなかった、答えあわせのお時間です」

「あともう少しなのに!」

いかにも残念そうに、北と高林がペンを置いた。

「そう確かに、あと少しなんだが」

「なんだか、奥歯に物の挟まったような言い方だな」

「あと少しなんだが、その方法では絶対に解けない」

「なんだって」と言い掛ける高林の口に手を当て、東山が話を始めた。

「まず、最初の高林くんの推理なんだが。これには脱帽した。なるほど、こんな解釈もあったのかと、目から鱗《うろこ》が落ちる思いがしたよ。しかし、解釈は強引すぎる。だってそうだろう。ペイさんも言っていたが、ネタの頭文字を拾うのなら、どう考えてもその一つ手前の鮪を取るというのは、無理がありすぎる。それに、高林くんの解きあかした暗号だと、二人は恋人でもなんでもなく、男の側の一方的な片思いであると、推察される。すると、こんな持って回った暗号など、理解してもらえるはずがないじゃないか。誰が男の食べた鮪の次の皿のネタから、頭文字を拾うなんて事を考え付く？」

「だからこそ、鮪ばかりを七皿も食べて、印象付けて……その……なんだ！」

口籠《くちご》もる高林をみながら、東山の話はつづいた。

「そうなんだ。この話に登場する男女は、すでになんらかの関係がなければならない。だからこそ二人は、謎の鮪暗号で会話をすることができたんだ」

「なるほど、そう考えることもできるな」

「しかも鮪を目印とした寿司の皿の組合せは、ひと組五個ずつの十通りだ。これでなにかの文字を作って、相手に意図を伝えるのはそうとう至難の業《わざ》だろう。たとえばモールス信号などは、その最たるものだ」

　今度は北が口を開いた。

「しかし、東山さんは言ったじゃないですか。モールス信号という考え方は、もう少しだと」

「そうなんだ。本当に惜しいと思うよ。けれどきみの失敗は、文字に置き換えようとしたことだ。あれは、数字を表すモールス信号なんだよ」

　唖然《あぜん》とする客のなかに交じって、工藤ばかりが表情ひとつ変えることなく、東山の説明に聞き入っていた。

「しかも、寿司の組合せ表なんて関係ない。つまり流れてくる鮪の寿司を取るか、取らないか。それがモールス信号の『・』と『－』に呼応していたんだ。もしかしたら他の寿司でも良かったのかもしれないが、なにせ鮪という寿司は目立つ。情報の錯誤が起きないよう、彼らなりに考えたのだろう」

「それよりも、暗号の意味は？」と、テーブルの女性客から、声がかかった。

「はっきりと確かめたわけじゃないが、たぶん、二人の待ち合せの時刻じゃないかな。考えてごらん、女性の職人の方を。昼間の板場に入っているということは、彼女はいわゆる早番という奴だろう。午前中から仕事に入り、夕方には店をあがるのにちがいない。二人の逢瀬《おうせ》の時間はそれからだ。しかも、だ。二人は奇妙な暗号をどうして使うのか。別に恥じる仲でなければ、もっと堂々としていれば良い」
「そうか、不倫の仲なんだ」
「その通り、もしかしたら女性のご主人、同じ店のなかにいるんじゃないかな。そうであれば、あの面倒な暗号も納得がいく。さて、すると二人に必要な暗号はごく限られてくる。午後五時（十七時）に仕事をあがったとして、彼女と彼が待ち合せをするのは何時だろう。彼女にはご主人がいるわけだから、十八時から二十時までが待ち合せの限界だ。そう考えて、モールス信号を当てはめてみると、
十八＝『・――――・・』
十九＝『・――――――・』
二十＝『・・――――――』
『・』のところで鮪を見逃し、『―』で皿を取れば、七皿、もしくは八皿の鮪の皿で相手に数字を伝えることができるんだ」
しばらくのあいだ、店は静まり返っていた。やがて、
「それは、少しおかしくないか？」
高林が、身を乗り出した。

「どこが？」

「だってその暗号では、男は立て続けになん皿も鮪を取らなければならなくなる。鮪は最低五皿にひと皿は交じっているんだ。とてもじゃないが、食べている暇はないぞ」

「それは問題がないんだ。店には四十種類の寿司がある。そのすべてのネタが、三人の職人の板場、それぞれに用意されているわけじゃない。例の十種類の配列のうち、一人あたま三通りの配列を担当していれば、仕事はもっと合理的になる。とすれば、男は女の担当している配列だけを暗号の対象とすればいいし、あらかじめ『ひとつ飛ばしで鮪を取ったり見逃したりする』というルールさえ作っておけば、もっと楽になるだろう」

「まだあるわ。どうして『・』の部分を鮪の皿を取るほうに呼応させなかったのかしら。その方が鮪ばかり、なん皿も食べずにすんだのに」

これは、奥のテーブルの女性からの質問だった。

「もちろん、男が鮪好きであるという、大前提があったと思う。そうでなければ、きっと思いつくこともなかったんじゃないかな」

「で、叔父さんが甥《おい》に与えた教訓というのは？」

「まあ、しばらくは陰に隠れてうまく立ち回り、ほとぼりを冷ましなさい、と言うところだろうか」

納得ができたような、できないような、あいまいな雰囲気のまま、やがて香菜里屋は閉店の時間を迎えた。工藤のやわらかな笑顔に送られ、客が帰ったあとの、店で……。

「ちょっとだけいいかな」

「ああ東山さん、きっと戻っておいでになると、お待ちしていました」

「先程の鮪男の件なんだけど、本当にあれで良かったのだろうか？」

「鮪寿司ばかり七皿の暗号についてですか？　だとすれば、すばらしい推理だと思いますが」

「だったらいいんだが」

東山のために、小さなグラスにビールを注ぎながら、

「東山さん、もしかしたらその回転寿司屋にいってみたんじゃないですか？」

と、工藤が聞いた。「そっ、そうなんだ」と東山。

「で、どうでした？」

「確かに、女性の職人がいたよ、ところが……」

「とても、初老の男性が不倫に走りたくなるようなタイプではなかった？」

「言いにくいことを、ずばりと言うね」

「たまには、そのようなこともあります。それで、東山さんは、自分の推理に疑問を持ったのですね」

「しかも、さり気なく鮪男のことを聞いてみたんだ。そうしたら店の人間に露骨にいやな顔をされてね。『お仲間ですか、だったら今後は、お出入り無用に願います』と、こうなんだ。なんだか、想像とずいぶんちがう気がして、ねえ」

「これはあくまで仮説です」と、言い置いてから工藤は、

「もしかしたら鮪男氏は、新手の嫌がらせかもしれませんねえ。たとえば鮪ばかり七皿も八皿も食べれば、中には状態の良くないものがひと皿くらいあるのではないでしょうか。とくにああした店ですから、たとえば完全に解凍していないとか、ヘンに筋っぽいとか。部位によっては小骨があるかもしれません。そのことを殊更《ことさら》大げさに言い立てて、代金を支払わない、とか」

「すると、スナックにきていた男は、まるで嘘を言っていたのだろうか。話の流れから若いほうの男は甥だろう。それが恋愛問題で悩んでいるときに、まるで嘘の話を持

ち出して、何の教訓にしようとしていたのだろう」

「あるいは、鮪男の話は又聞きに知って、別の意図を持って話をしたのかも知れませんね」

「というと？」

「ずっと気になっていたのですが、中年男の兄、若い男にとっての父親の職業はなんでしょう。ずいぶん性格の固い人で、職業もまたそれに見合った物のようです」

「弁護士とか、教師とか」

「もっと別のことも言っておいでのようでした。特に『親父様の職業ならば気を遣うこともあるが、お前さんは自由人だから』恋愛にも結婚にも、何ら気にすることはない、という件《くだ》りです。いまどき、恋愛や結婚に気を遣う職業とはなんでしょうか。この自由の国、日本で、です」

「警察官!?」

「はい、わたしもそんな話を聞いたことがあります。さすがに建前上は自由恋愛、自由結婚ですが、今でも警察官は特定の政治団体、特定の職業に従事している女性とは、自由に結婚しづらい雰囲気があるそうです。警察官であれば、忙しくなれば家族を放っておくというのも、理解ができます」

「けれどそのことと、今回の件と、どんな関係が？」

「もうひとつ。中年の男性はしきりと、鮪男を見かけた日について、強調していましたね。『お前さんの親父様が急に忙しくなった日の前日から三日間』彼は、午後の一定時間、回転寿司屋にずっといたことになっています。つまり若い男の父親である警察官が『急に忙しくなった』日の午後も、自分は回転寿司屋にいたんだと、彼は言いたかったのではありませんか？」

「もちろん、警察官が忙しくなるといえば、なにか大きな事件が起きたということか」

東山が、はっと顔をあげた。

「まさか中年男は、その事件に関係していて」

「実の兄から、息子の相談を受けて彼は今回のことを思いついたのかもしれません。幸いなことにどこかで鮪男のことを聞き付けている。いざ自分が疑われたときは、鮪男のことを持ち出し、さらには甥までもその間接的な証人として持ち出せば」

「たとえ鮪男に対する解釈がとんちんかんでも、いや、そうであればあるほどその場に居合わせたという印象を、強く植え付けることができる、か」

「わたしの考えすぎでしょうか」という工藤に向かって、東山は首を横に振ってみせた。

「いったいどんな事件なんだろう」

「中年男はこんなことも言っていますね。女性の身元に問題があってもどこかに養女に入ればと。いまどきこんなことがあると思いますか？　もし、あるとすれば……国籍の問題ではないでしょうか。最近は、日本語学校の生徒として来日して、不法就労する女性が多いそうですよ。そう言えば彼は、ずいぶんその問題に詳しいようですね。自分がかならずなんとかすると、請け合っています。それに関連した事件《トラブル》が、鮪男氏のあらわれた二日目に起きたのかもしれません」

「けれど、すべては推理の域をでないね」

「はい、だからいいのです。しょせんはどこかの誰かが、鮪ばかりを七皿も食べたという他愛のない話から始まった、言葉遊びですから」

工藤がゆっくりと笑って、自分のグラスを飲み干した。

魚の交わり

1

飯島七緒　三十歳。

誕生日のプレゼントにもらったガラスペンに、たっぷりとグリーンのインクを含ませて便箋にそう書いてみた。江戸ガラス細工の職人が、手で捻《ひね》って作ったというペン先は、少し目の粗《あら》い紙面を、一度も停滞することなく滑ってゆく。

デスク横の鏡を見て、昨日までの二十九歳の自分と三十歳になった自分を比較してみようとするのだが、そこには二十四時間前となんら変わりない顔があるばかりだ。

「ほんとうにそうかな」

飯島七緒は、口に出した自分の言葉に赤面した。

ガラスペンの送り主が、もうひとつ、贈り物をくれた。食事が終り、散歩がてらといって七緒の部屋の近くまで送ってくれた、そのときだ。ひどく思い詰めたように、それでいて余りに衝撃的な言葉を、別れ際に七緒に押しつけたのである。

「結婚しませんか」

茫然《ぼうぜん》とする七緒の返事も聞かず、男は回れ右をして駆け去っていった。一時間ほど前の出来事である。その時の様子を思い出し、頬を熱くさせながらも、七緒は笑いを堪《こら》えることができなかった。

「結婚、ねえ」

フリーのライターになって四年になる。仕事はまずまず順調で、今日明日の食事に困るようなことは、一度もなかった。同時にそれは、恋愛や遊びに対して、いかに禁欲的な四年間であったかという証明でもある。フリーになる前は出版社に勤めていたとはいえ、新人に対してはきわめて冷淡な世界である。一本の仕事を取るために二十本の企画を用意するのは当たり前で、それでつなぎができれば、今度は殺人的な仕事量をこなさなければならなくなる。フリーランサーに中間はない。仕事があるかないか、忙しいか暇か、完璧に二極分化した世界である。

自分にもう少しばかりの器用さがあれば、と思ったこともある。が、現実には仕事に埋もれ、二十代の後半を明らかに不毛なまま過ごしたことは間違いがない。

――ただ、ひとつの出来事をのぞけば。

飯島七緒の記憶のなかに、二年前に死んだ男の姿が今もある。それが恋愛であったとは、思っていない。親子ほども年の離れた、しかも、自分の戸籍さえも持っていない男であった。いくつかの自由律の句と、ささやかな思い出を残して死んでいった片岡草魚のことが、まるで運動のあとの気怠《けだる》さのように、今もある。

九月発売のある中高年向け雑誌で、七緒は片岡草魚について五十枚ほどの評伝らしき物を書いた。もちろん、草魚の実の姉で、山口県に住む女性には「長府での出来事は決して書かない」という約束をして。彼の本名も伏せ、あくまでも全国を放浪しながら句を残した、片岡草魚についての評伝である。彼が残した句と最後まで書き残した日記を中心に、戸籍さえ持たなかった男の孤高の姿を短くまとめた記事はさしたる反響も得られなかった。

当然のことだろう。俳句結社のごく限られた仲間以外、その名前を知らない俳人のことなど、興味を持つ人間はいない。ただし、編集部の評判がまずまずであったことで、一応の面目は保つことができた。そんなこともあって、七緒のどこかに、

――まだ忘れるわけにはいかない。

との思いがある。

結婚という二文字が草魚の姿、痕跡を抹消する消しゴムになりそうで、七緒は戸惑っていた。

戸惑いながらも、余りに真摯《しんし》な男の顔を思い出し、七緒はまた笑った。

別に彼が嫌いなわけではない。仕事を通じ、尊敬する部分も多々ある。好意を抱いているといっても良い。だが、結婚という言葉がいかにも唐突で、自分に縁遠いものであったか、改めて知らされた気がして、おかしかった。

「超がつくほど弱小の出版社の編集者で、しかも離婚歴有り。頭部の生え際がそろそろ気になるうえに、不規則な仕事がたたって腰痛持ち。こんなぼくで良かったら」

そのあとに続いたプロポーズの言葉を思い出すと、とうとう七緒は声をあげて笑いだした。自分の感情が押さえきれない。ひとしきり笑って、ガラスペンで男の名前を書いてみた。

高塚正雄。

プロポーズの返事は、容易には見付けられそうになかった。

三日後。仕事を終え、新玉川線の三軒茶屋駅で降りると、自宅マンションとは反対の方向に七緒は歩き始めた。十二月に入ってからというもの、真冬を思わせる日が続いている。タートルネックを顎《あご》のすぐ下まで引き上げ、忙《せわ》しなげな人込みの間を擦《す》り抜けていった。

商店街を道ひとつ外した路地に、行きつけの「香菜里屋」がある。ちょっと込み入った仕事に掛かっていたせいか、ここ二週間ばかりご無沙汰している。そんなことを電車の中で考えていたら、どうしても工藤の作る料理でビールを飲みたくなってしまったのである。足は自然と早足となり、路地のあちこちに澱《よど》む闇を無視するように、ぽってりとした等身大の提灯を、七緒は目指した。

「いらっしゃい」

焼き杉造りのドアを開けるとすぐに店の主人、工藤哲也の声が迎えてくれた。続いて、「待っていたよ」という声を別方向から聞いて、七緒はおやっと思った。

「あらっ、長峰さん！」

声の主は、七緒が所属する自由律句の結社『紫雲律』の幹事の長峰だった。

「たった今、工藤くんに相談していたんだ。七緒ちゃんの自宅に電話をかけようかって」

「それは、デートのお誘いですか」

「どうせ誘っても、袖にされるのはわかっているよ」

「そんなことはありませんよお。三十女は焦っていますから」

「おや、もうそんな……」といったまま、長峰が言葉に窮して口籠《くちご》もった。おおかた「そんな年なんだ」とでも、いいたかったに違いない。少しだけ気まずくなった空気を敏感に感じ取ったのか、工藤が助け船を出してくれた。

「飯島さん宛てに、お手紙が届いているのですよ」

「わたしに？　どうしてそんなものがこの店に」

「手紙を読めばおわかりになります。手紙の宛名が店になっていましたので、中身を読んでしまいました」

それは別に構わないのだけれどと声をかけながら、コートを壁のハンガーに吊《つる》し、テーブルに座るとすぐに「度数の少し低いビールを」と、工藤にいった。店宛ての手紙で、なおかつ内容は自分宛てとはどういう種類の手紙なのか。まもなく黄金色《こがねいろ》のピルスナーグラスがテーブルに置かれ、同時に封筒が渡された。「読んでごらん、びっくりするよ」と長峰がいうが、そのまえにビールに口をつけた。

「三月ほど前に、片岡さんのことを記事に書かれたでしょう。その反響のようです。ただし、少し内容は変わっていますが」

先に内容を読んでしまっている工藤がそういったことで、七緒は記憶の隅に居座ったまま離れない、その仕事の内容を思い出した。

手紙は、「佐伯克美《さえきかつみ》」という鎌倉《かまくら》に住む人物からのものであった。ワープロで打ってあるせいで、男性か女性かはよくわからない。その冒頭に、七緒の記事をある人からもらったコピーで読んだこと。掲載雑誌がどうしてもわからず、記事中に実名で出ていた香菜里屋に、無礼とは知りつつ、こうして手紙を書いていることなどが述べられていた。

——そういう事情か。

納得しつつ、手紙を読み進めるうちに、七緒は自分の表情が一気に引き締まるのを感じた。奥歯のさらに奥から冷たい唾《つば》がわきあがり、ビールの残り香を完全に消した。

「これっ！」と一言いって絶句する七緒に、工藤は軽く頷いた。

手紙には、佐伯克美の叔母にあたる人物についてのことが、書かれていた。

叔母の名前は絹枝《きぬえ》といって、長い闘病生活ののちに他界している。といってもそれ自体がすでに三十年も前のことである。佐伯の家に、何冊かの大学ノートが残されていて、それは絹枝が病床で死の少し前まで書き続けた絵日記と雑文のようなものだ。自分自身は三年前に、ノートを手に入れた。実はその中に、どうも絹枝が自分で作ったものではないらしい、自由律句がいくつか残っている。長く自分の中で謎となっていたのだが、その句が、もしかしたら片岡草魚の残したものではないだろうか。

手紙はそう告げたのち、残された句を紹介していた。

約束の指を絡《から》めしひとよそのぬくもりに怯《おび》える我のいる

紅さす指の放物線はおりて水蜜桃《すいみつとう》の種ひとつにいたる

故郷に不意に出会ってしまったよ銀座三越獅子《みつこししし》秋眠るまえ

ただぶらさがっている糸瓜《へちま》のように生きている

誹《そし》られてなおくすぐったき息の匂い　チシャっ葉の匂い

心臓をば握る爪の冷たさよ　恨むな春かき消すな

書かれていたのは以上の六句である。他にまだあるのか否かは、記述にない。手紙はさらに、第二の句が女性本人が詠《よ》んだ句というよりは、紅をさす女性のすぐ近くにいる誰かが詠んだ性格の句であること。第三の句についても、長く病床にあったうえに、発病以前はたいへんな箱入り娘であった佐伯絹枝が、銀座三越のことを句にするはずがないこと。第五句のチシャという葉は、片岡草魚の故郷でよく食べられていたものであると、七緒の記事で読んだことなどをあげたうえで、この句を詠んだのは、草魚ではないかと推論している。

決定的なのは、佐伯絹枝がノートの所々で「風魚」という、号を用いていることだ。そう述べたうえで手紙は、「放浪の俳人の一生に新たなページを付け加えてください」「二匹の魚の交わりはなんだか切ないです」という言葉によって終わっていた。

七緒が読みおわるのを待つように、「驚いたろう」と、長峰がいった。続いて工藤が、「柚子《ゆず》蒸し」を作ってみたのですがと、伊万里《いまり》焼の深皿を持ってきた。中に色の褪《さ》めた柚子がひとつ。柚子そのものを器にしたなにかの蒸し物だろう。普段なら工藤の言葉を待つ前に手を伸ばしたにちがいない。それほど魅力的な香りが鼻孔を撫《な》で回しているにもかかわらず、七緒はそうしなかった。できなかった。

——そんなはずがない、そんなはずがない。

記憶の端子に触手を伸ばし、かつて見たはずのあるものを再現しようとしていた。映像が生まれ、砕け、再生されて、定着する。

「草魚さん、鎌倉にもいたんだねえ」

「句自体は、本当に片岡さんの書かれたものでしょうか」

「我々が知っている、老年期の歌に比べて、ずいぶんと若いよね。第一句、二句、五句などは、エロチックでさえある。でも、少なくとも三十年以上前に作られたことは確かだから、草魚さんの年齢を考えれば、ね。それに雰囲気や、言葉の使い方は、間違いなく彼のものだと思う」

そんな長峰と工藤の会話でさえも、七緒には雑音にしか思えなかった。二人の会話に割り込み、

「ちがうんです!」

そういった自分の声の大きさに、自ら驚いた。

「ちがうって、七緒ちゃん……」

長峰の声に反応して、工藤までが、

「どうかしたのですか」

といった。七緒は、息を整え、同時に思考をまとめるように、

「草魚さんが、長府にいるお姉さんに宛てた葉書のことは覚えていますか」

「ああ。戸籍がないことがばれそうになると、草魚さんは新しい街に流れるしかなかった。そのたびに、無言の葉書をお姉さんに宛てていたのだろう」

「わたし、長府の綾さんの家でその葉書を見せてもらいました。彼女、本当にそれを大事にしているんです。一枚もなくさないように、仏壇の引き出しにしまってあるんです」

「それがどうかしたのかね」と長峰が言う。

「ないんです。どう記憶を探してみても、ないんです」

「それはなにかね、つまり……」

「綾さんの葉書のなかに、鎌倉の消印を持つものがないんです」

偶然だろうか、と思ってみた。が、あれほど切なく、絶望的で、真摯な流転《るてん》の記録を、七緒は他に見た覚えがなかった。自らの名を明かすこともできず、姉に一言の言葉をかけることも許されない。だからこその、白無地の葉書である。そこには幾百万の言葉が込められている。果たして葉書を出したり出さなかったりすることがあったのだろうか。

——ちがう。そんなことはない。

ほとんど確信を伴って、そう思った。冷たさを失ったビールを口に含むと、微かに鉄の味がする。すぐに工藤が「気が付きませんでした、取り替えます」といって、七緒のグラスを下げていった。新しいグラスに新しいビールを注ぎ、七緒の前に置きながら、

「つまりは、片岡さん。鎌倉にいることをお姉さんに告げるわけにはいかなかったということでしょうか」

工藤がいった。

「あるいは、葉書を書ける状態ではなかった」

「怪我か、病気でもしていたのだろうか」

という長峰の発言は、いかにも医師らしい。

「わかりません。わかりませんけれど……」

「調べてみないわけにはいかない、か。そうだろう七緒ちゃん」

飯島七緒は、グラスを半分程一気にあけて「はい」と大きく頷いた。

2

北鎌倉駅で下車すると、思いがけない強い日差しが、七緒を迎えてくれた。空気は十分すぎるほど冬のものだというのに、日溜まりに立って身体を動かさずにいると、その温かさに眠気を覚えそうだ。額に掌をあて駅の周囲を見回すと、こちらに近付く人影が見えた。

昨夜のことだ。香菜里屋に届けられた手紙に書かれてあった、「佐伯克美」の自宅に電話をかけてみた。「佐伯です」と電話に出た相手は、声の落ち着き具合からいって、四十歳を超えた中年男ではないかと思えた。が、こちらに向かってくる人影はどう見ても二十代の若者だ。だから「飯島さん。飯島七緒さんですね」と声をかけられたときには、相当に戸惑いの表情を浮かべたに違いない。それは相手にとっても同じことであったらしい。

「驚いたな。こんなにも若い女性が、あの文章を書いていたのですか」

昨夜の電話で、例の草魚に関する記事を掲載した雑誌の名前を告げ、それを目印にする約束ができていた。目立つ胸の位置に雑誌を抱えた七緒を見付け、近付いてきた佐伯克美は開口一番に、先の言葉をいった。

「すみません。お忙しいのではありませんか」

そういうと、日焼けした佐伯の顔が若者らしく破顔して、

「とんでもない。ご迷惑を顧《かえり》みず、手紙を出したのはぼくです。わざわざお訪ねいただいて、恐縮です」

といった。握手を求めて差し出された腕は、またも七緒の予想を裏切って太々と筋肉が盛り上がっている。こんなにもたくましい腕の持ち主が、三十年前に亡くなった叔母の残したノートを今も保存していて、しかも七緒の書いた記事に興味を示したことが、なにか不思議な気がした。

「近くの喫茶店に入っても良いのですが……」と佐伯はいって、周囲を見渡した。駅前に観光客向きの店はいくつもある。が、これから二人が話す内容には、余りそぐわないように思える。すると、

「いっそ、叔母の住んでいた家にいってみませんか。今はぼくがひとりで住んでいます。ここから歩いても二十分はかからないのですが、いかがですか」

佐伯の申し出に、七緒は我知らず頷いていた。もし三十年前、まだ十分に若い草魚が鎌倉にいたとするなら、その家を見てみたいと電車の中で漠然と思っていた。なによりも、佐伯絹枝という女性にも、興味があった。彼女が残した絵日記と雑文のノートもさることながら、彼女がどのような女性であったのかも、知りたかったのだ。

——どうして、そこまで?

という疑問がないわけではない。あるいは誕生日に高塚から受けたプロポーズが、自分の心の動きになんらかの影響を与えているのかとも思ったが、本当のところはよくわからない。なにかこみあげるような好奇心が、自分を衝《つ》き動かしているのを感じた。

鎌倉街道を、縁切り寺で知られる東慶寺《とうけいじ》を右手に見ながら鎌倉駅方面に進み、八百メートルほど歩いたところで、緩《ゆる》やかな坂にいたった。「亀《かめ》ケ谷《やつ》坂といいます」という佐伯の言葉に、七緒は頷いた。緩やかとはいえ、坂を上るうちに額に汗がにじむ。やがて坂はピークにさしかかり、そこは山の傾斜を切り崩して作った「切通《きりどお》し」になっていた。

佐伯がつっと立ち止まって、切通しの左右に切り立った崖を見上げて、

「もうすぐですよ。ここを越えると家が見えてきます」

そういいながらも、歩きだそうとはしない。なにかをいいあぐねるような表情を見せ、ため息を吐《つ》いた佐伯が、ぽつりといった。

「叔母は、この切通しをひどく嫌っていたといいます」

「どうして？」

「手紙では詳しく書きませんでしたが、叔母は十一歳で病気のために下半身不随にな

ってしまっていたのですよ。彼女には、他の人が味わう光り輝く時代がなかった。車椅子で家の中を移動することはできたのです。表を散策することも。けれどこの切通しを一人で越えることは、どうしてもできなかった。ここが彼女の住む世界の境界線でした」

境界線という言葉が、ひどく残酷なものに聞こえた。

「ご家族は、いたのですよね」

「ええ。けれど叔母が二十歳の時に相次いで亡くなりました。わたしの父はすでに家庭を持っていましたから、何度も家に呼び寄せようとしたそうです。が、その頃の彼女は、どうしても一人で自活すると言い張って……それに……」

その言葉が終わる前に、目の前がぱっと開け、佐伯が指差す方向に白い小さな家が見えた。鬱蒼《うっそう》とした樹木に囲まれ、あたりに民家はない。そこだけがまるで周囲から孤立するように、あるいは隔絶されるように佐伯絹枝の住んでいた家はあった。

佐伯絹枝は昭和二十二年、鎌倉で生まれた。克美の父親でもある兄とは年が十歳ほど離れていたという。十一歳の時に、筋肉が萎縮《いしゅく》する病《やまい》を発病。それからのちは、一日のほとんどを病床で過ごし、時に家の周囲を車椅子で散策すること以外、外の世界に触れることはなかった。

やがて彼女は、病床で日々の移り変わりや、来客、家の様子、病床から見える景色などをボールペンで絵日記に仕立てることを覚えた。

佐伯克美が、そんなことを話しながら、紅茶を入れてくれた。居間は、古いながらもしっかりとした家具が配置され、掃除が行き届いていて気持ちが良かった。木漏《こも》れ日《び》がテーブルにあたって光の玉が輪舞している。季節を忘れて景色に見入ってしまいそうだ。

「叔母はどうやら、正岡子規《まさおかしき》に自分の姿をダブらせていたようです」

「子規、ですか」

子規が写実派の句風を打ち立てた、明治の巨人であることくらいは、七緒の知識にもある。

――なるほど。

子規はまた、脊椎《せきつい》カリエスによって下半身を冒《おか》され、小さな布団ひとつを自分の世界に見立てて『病牀《びょうしょう》六尺』などの著作を著《あら》わしている。それはまさに、佐伯絹枝の世界に一致する。

「飯島さんは、子規の『仰臥漫録《ぎょうがまんろく》』について、ご存じですか」

「いえ、勉強不足で、申し訳ないのですが」

「そんなつもりじゃありません。彼が死の前年から書きはじめた雑記帳のようなものですね。日々、何を食べたのか、誰がやってきたのか、病の苦しみについて、そして汚い話ですが便通の有無にいたるまで、時に絵や創作を交えながら、意識がなくなる寸前まで書き続けられました」

佐伯克美が話すのを聞きながら、七緒はどうして自分が初対面のこの青年に警戒心を持たないのか、ようやくその意味を知った。言葉の選び方、話し方が香菜里屋の工藤に実によく似ているのである。人の気持ちにするりと入り、違和感なく会話をする能力を、佐伯も持っているのだろうか。

「それで絹枝さんも絵日記を?」

「十九歳の時から描きはじめたようです」

そういって、佐伯がどっしりとした書架から五冊の大学ノートを取り出してきた。古紙独特の匂いがして、それが長府の魚澄綾の家で見た、草魚の葉書を思い出させた。

「ずっと描き続けられたのですか」

「両親が亡くなってしばらくは、描くことをやめていたようです」

最も古色の強いノートのページをめくると、達者な筆致でイラストが目に飛び込んだ。イラストの横には「三人の茶会。楽し、楽し」と書かれ、車椅子の女性――これが絹枝本人だろう――と、両親らしき男女が、花をつけた藤棚《ふじだな》の下で小さなテーブルを囲み、ティーカップに口をつけている様子が描かれている。次のページは、棚から取ったであろう、藤の花が水差しにさされた様子。ページの隅に昭和四十一年六月とある。

庭先にやってきたメジロ、春眠をむさぼる蛙《かえる》、庭を彩る花々。イラストは多岐《たき》に亘《わた》り、時に母親の姿や、自分の部屋の小物、来客の姿形、自画像もあった。いずれにもわずかな記述があり「父よりのプレゼント、花飾りのついた麦藁帽子《むぎわらぼうし》」「叔父きたる。西瓜《すいか》の土産《みやげ》はいつものこと」「夏の鳥のごとく、我も遊びたし」などと書かれている。

一冊目のノートを読み終え、七緒はいった。

「わたし、詳しいことはわかりませんが、正岡子規という人は自分の境遇に絶望していたでしょうか」

「どうでしょう。ただ動けぬ体だからこそ、森羅万象を写実という手法で切り取ることができたのではないでしょうか。それに、『仰臥漫録』を読むと、彼の凄まじいばかりの食欲が記されています。脊椎カリエスで晩年を迎えようとしているというのに、ですよ。最後まで強い気力を維持していたと考えるべきでしょう」

「あの」と、言葉につまると、その先を佐伯が続けてくれた。

「わかります。叔母も自分の境遇を恨むことはあっても、絶望はしなかったと思います。両親が相次いで亡くなる二十歳のノートまで、ちょうど三冊目までですが、不思議な明るさがあるんです」

「そうですか、やはり」

三冊目のノートの、最後のイラストは、見るに堪《た》えられないものだった。葬儀の祭壇の様子を乱れた筆致で描き、続いて、母親のデスマスクを描こうとして途中でやめ、乱暴に線で塗り潰してある。記述は一言もない。

「祖父と祖母は、叔母が二十歳の時、まず祖父が癌《がん》で急死し、その看病にあたっていた祖母が疲労であとを追うように亡くなりました」

「それで、絵日記をやめたのですね、絹枝さん」

「けれど、基本的には強い人であったと思います。先程も申しましたが、うちの父はすでに家庭を持っていました。それで叔母を引き取ると何度もいったようですが、彼女はここで一人暮らしをするといって聞きませんでした」

「思い出の家に、暮したかったのでしょうか」

「そうであったかもしれません。そうでなかったのかもしれません」

佐伯の言葉に、奇妙な響きを聞いた気がした。佐伯絹枝が亡くなったのは三十年前。克美の年齢を考えるなら、生前の絹枝を見たことはないはずだ。だというのに、七緒は両者になにか次元を越えた深いつながりがあるように思えて仕方がなかった。

「父は、叔母のことを本当に愛していたようです。わたしが小さかった頃、父はよく叔母の話をしてくれました。どうやら、わたしは叔母の顔立ちを受け継いだようです。ですから、会ったこともないのに、なぜか親近感が湧いて、仕方がない」

「でも、やがて彼女は気持ちを建てなおし、また絵日記を続けることになるのですね」

〝昭和四十二年七月～〟と表紙に書かれた四冊目のノートに伸ばそうとした七緒の手首を、佐伯が握って止めた。なぜだか時間が停まった。佐伯に握られた部分の脈動が、やけにはっきりと聞こえて、七緒を戸惑わせた。

「飯島さん、このノートはお貸しします。それから、わたしが調べた古い新聞記事のコピーも添えてあります。あとはあなたが判断してくれませんか」

佐伯の意図がわからず、七緒は「はあ」とあいまいな返事をする以外になかった。

「あの」

「お願いします。そのノートを持っていってください。残りの部分は、他の場所で読んでくれませんか。そのうえで、なにかがわかったらどうか報《しら》せてください」

佐伯の言葉は、お帰りくださいといっているように聞こえた。事実、どういうわけだか首を横に傾け、七緒の方を見ようとはしない。「わかりました、ではお借りします」と、五冊のノートをバッグにしまい、飯島七緒は佐伯の家をあとにした。


三軒茶屋に戻ると、その足で七緒は香菜里屋を目指した。

鎌倉を出るときに、駅から長峰の勤務先である病院に連絡を入れてある。幸いに当直がないので、夕方に会おうということになっていた。

「いらっしゃい」という工藤の声に軽く会釈をすると、すぐに、

「待っていたよ、七緒ちゃん」

という長峰の声が聞こえた。スツールに座り、ビールを注文すると、すぐにグラスとジノリの平皿が出された。「いい牛肉が入ったものですから、カルパッチョに仕立ててみました」と工藤がいう。が、このとき七緒の頭の中には例のノートのことしかなかった。せっかくの料理を前にしながら箸《はし》に手を付けることもせず「あの」と、話

の端緒と同意を長峰に求めた。工藤が小さく笑ったようだ。「あとで、もう一度お出ししします」といって、皿を下げていった。

　すでに四冊目と五冊目のノートは、電車の中で読んでいる。ことに四冊目のノートと佐伯が用意した昭和四十二年十二月に起きた事件の新聞記事コピーを読んだとき、七緒は不覚にも電車内だというのに、大量の涙をこぼしている。

　今日の出来事をまず話し、佐伯克美から告げられた絹枝の半生を正確になぞって話すと、医師である長峰は「筋肉の萎縮症か。原因不明の難病だからねえ」と言葉を濁した。

「でも、佐伯絹枝はそれを精神的に克服しているんです」

「それを示すのが、絵日記かい」

「たぶん、とてもしなやかで、なおかつ強靭《きょうじん》な精神力を持っていたのではないでしょうか。自分の力では抜け出すことのできない、小さな限られた世界を、精神の力で無限大に高めたのだと、わたしには思えるんです」

「まるで、正岡子規のようですね」と、会話に入り込んできたのは工藤だった。

「そうなんです。絹枝の甥《おい》にあたる克美氏も、同じことをいっていました」

――あれ、なんだか変だ。

工藤の姿に、克美の影が重なる。というよりも、佐伯克美という人物の印象がいつのまにかひどく曖昧《あいまい》になって、ともすれば工藤の姿形、声の質に溶け込んでゆくようだ。

「どうかしましたか」と工藤が訊ねる。

「なんでも、ありません」と、七緒は話に集中しようと試みた。

——佐伯絹枝。

——ちょうど三十年前の昭和四十三年に亡くなった女性。

——余りに苛酷《かこく》で、救いようのない現実を直視し、そしてひっそりと消えていった女性。

「彼女は両親を二十歳で失い、それでも実の兄の援助の手を振り切って自分一人で生きようとしました」

そういった瞬間に、奇妙な接触感を覚えた。外部からではなく、身体の奥深い場所での感覚である。それが、自分の意識が絹枝に同化する感触であることが間もなくわかった。いくら取材対象にのめり込んでも、同化するまでに至った経験は、これまでない。

——わたしは、確かに佐伯絹枝の遺志を継ごうとしている。

——佐伯克美に代わって！

「七緒ちゃん」

「ええ、わかっています。話を続けなければ」

「無理をしちゃあいけない。疲れが出たのかもしれないよ、今夜は……」

七緒は長峰の言葉を制止し、四冊目のノートを広げた。

「両親の死から立直るきっかけになった男性がいました」

ノートには男の肖像画が描かれ、横に「K・M」というイニシャルが入っている。額の狭い、けれど鼻筋と目元がくっきりとしていて、西洋の血筋がいくぶんか交じっているような風貌である。顎の下に、大きなほくろが目立った。

「これは……草魚さんかい？　本当に」

話の流れから、長峰は絹枝が立直るきっかけとなった男性が片岡草魚であると思い込んでいたのだろう。七緒は首を横に振った。

「もしもそうであれば、彼女はもっと救われていたかもしれません」

「では、別人なんだ」

男の名は、森本幸造《こうぞう》といって、鎌倉駅近くに茶店を持つ家の次男坊であった。いつのまにか幸造は絹枝の家をたびたび訪れるようになり、二人の関係は穏やかに、そして確実に進んでいった。四冊目のノートは、五冊のノートの中でもっとも明るく、華やかなイラストと文字とで綴《つづ》られている。長い間、両親と実兄のみが外の世界との接点であった二十歳の女性は、新たな接点を得て、それこそ花が開花するように季節を謳歌《おうか》しはじめた。イラストには、しばしば森本と車椅子の自分の姿が描かれるようになる。

だがその年の十二月二十四日。クリスマスイブの夜に、再び彼女は不幸に見舞われる。彼女の元を訪れようとしていた森本が、切通し付近の藪《やぶ》で殺害されてしまったのである。佐伯が用意した新聞記事には、そのことが記されていた。

「酷《ひど》いね。イブの夜のことだ。二人でそれを祝うつもりだったのだろう」

グラスを口に運びながら、長峰が顔をしかめた。

「遺体が発見されたのは、翌日のことだったようです」

「死因は？」

「なにものかに胸部を刺されています。その後の事件の経過を新聞で追うかぎり、犯人は捕まっていないようです」

そういいながら、七緒のなかにイブの夜を一人待つ、絹枝の姿がはっきりと浮かんだ。あるいは、不自由な身体をおして、精一杯の手料理を作っていたかもしれない。

テーブルにはキャンドルもあったことだろう。けれど森本はやってこない。

「ちょっと失礼します」といって、四冊目のノートを工藤が取り上げた。

「なにか？」

「いえ……ああ、確かに絵日記は昭和四十二年十二月二十三日で終わっていますね」

最後のページには、クリスマスツリーのイラストが描かれている。それにリボンを飾ったプレゼントの包み。記述には「わたしは、こうして生きている」と、ある。

「二十四日は、森本を待ち焦がれて、描くことができなかったのでしょう」

これほど苛酷な運命を背負った女性を、七緒はかつて知らない。

そこまでを語り終えると、なぜだか、急にお腹が空《す》いてきた。少々疲れもあった。先程までの、なにかが取り憑《つ》いたような高揚感が急速になくなり、自分が自分本来の姿に戻った気がした。

「そろそろ料理をお出ししましょう。少し温かいものも用意しましょうか」

「スープのようなものは、お願いできますか」

「ストックがありますから、ベーコンとセロリのような簡単なものであれば」

そういって工藤が厨房に消えると、急に店の様子がよくわかるようになった。常連の北が、こちらに向かって会釈をした。

「興味深い話だったね」

「やだ、北さんったら。聞き耳を立てていたんですか」

「否応なしに聞こえるさ、あんなに熱弁を振るえば」

「そんなに大きい声でした？」

「ぼくは平成の語り部の姿を、ここではっきりと見たよ。ぼくが占うまでもない。きみは小説家を目指すべきだ」

そこへ長峰が「ところで」と会話に割って入ってきた。

「気になることがあるんだ」

「もしかしたら克美氏のことですか」

「うん。いよいよ五冊目のノートで草魚さんが登場するのはわかるんだが……こんなにも貴重なノートをきみに貸しだして、彼はいったい何をしようとしているのだろう」

あるいは、叔母の残したノートの出版でも計画しているのかもしれない。だが、これと草魚の人生に関係するかぎり、七緒はいやが上にも慎重にならざるをえない。前に書いた片岡草魚の評伝にも、彼が山口県の長府で犯した一件については、なにひとつ触れてはいない。それに、佐伯克美の表情を読むかぎり、そうした野心があるとはどうしても思えなかった。

「案外」と、北が話し掛けてきた。

「飯島さんは、この世ならざるものと接触したんじゃないかい」

「どういうことですか」

「次に、その鎌倉の家を訪れると、見るも無残な廃墟であったりして」

「まさか！」といいながら、背中に冷たいものが流れた。

「いやいや、わからないよ。話によると、克美氏は絹枝さんとよく似た顔立ちだったそうじゃないか。あるいは佐伯克美なんて人物は存在しなくて、絹枝さんの霊が飯島さんを呼び寄せたとか」

ほんの数時間前まで、紅茶を飲んで話をしていたリビングルームが、無残に荒れ果て、壊れたまま放置された車椅子と、白骨遺体がはっきりと見える気がした。

そこへ、

「お待たせしました」

と、工藤が湯気の立つスープ皿と先程のジノリの平皿を持ってあらわれた。「新しいビールを注ぎましょう」とグラスを流しに下げ、冷凍庫から白く霜のついたグラスを出して、ビアサーバーに当てた。

「次に片岡さんが現れるのですね」

「ええ。翌年の二月の終りから五冊目のノートがスタートします」

だが、草魚の姿らしきものは、絹枝の日記に二度ほどしか登場しない。五冊目の絵日記は四冊目とは打って変わって陰鬱《いんうつ》なイラストで埋められ、記述もほとんどない。五月五日、泳ぐというよりは風に翻弄《ほんろう》される鯉のぼりのイラストと共に「T・Y来る」の記述がある。よく見ると、鯉のぼりの下に二人の人物像があるのがわかる。

「そして次に、絹枝以外の人物が登場するのが……」

その時、七緒のバッグの携帯電話の着信音が鳴りだした。「すみません」と店内に声をかけ、携帯電話を持って店の外に出た。

「もしもし、飯島ですが」

「飯島七緒さんですか」

「はい」

「こちら、世田谷警察のものですが、高塚正雄さんというかたをご存じですか」

世田谷警察という単語と、高塚正雄という単語が、どうしてもイメージの中で合致せず、返事に窮して七緒は立ちすくんだ。

3

「すまん、本当にすまん！」

これで三回目の謝罪の言葉を高塚の口から聞いた。しかも香菜里屋のカウンターで、である。そのたびに周囲の客が好奇心に満ちた視線をこちらに向ける。

「いいですよ、もう。それよりも何があったんです？」

昨夜、世田谷警察から「高塚正雄の身柄を引き取ってほしい」と電話があった。意味がわからないまま、香菜里屋から歩いて五分ほどの世田谷警察署に赴《おもむ》くと、ちょうど高塚本人が数人の警察官に食って掛かる場面に出くわした。断片的に「だからぼくではない」とか「よく調べろよ」という言葉が聞こえ、その後の警察官の説明によって、高塚が暴行事件の容疑者になっていることを知った。

「暴行事件といっても、相手に非があったようです。殴りかかったのも相手のほうだといいますし。ただ、高塚さんが強引に事実を否定しているのですよ」

ほとほと困り果てたように警察官が身柄引渡しの手続きを取り、いずれ改めて事情聴取をしますといって、二人を解放した。結局昨夜も、高塚は「すまない」を繰り返すばかりで、なにも詳しい説明をしてくれなかった。そして今夜である。

「大変でしたね」と、工藤がビールグラスをカウンターに置いた。

「大変だったのかどうか、わたしにはよくわからないんです」

七緒がいうと、また高塚は頭を下げた。

「会社に連絡を取っても良かったんだが……」

「いくら高塚さんが無実を訴えても、おかしな色眼鏡で見る人が大勢いるかもしれませんからね」と工藤が応える。

「そっ、そうなんだ。だから悪いとは思ったが、飯島くんに連絡を取った。幸いなことに飯島くんは三軒茶屋だし、ね」

そういって高塚は、事件についてようやく話しはじめた。

昨日の午後四時すぎのことだ。高塚正雄は、カメラ器材をもって東急田園都市線二子玉川園駅のホームにいた。

「現在編集中の、ガイドブックのグラビア用の撮影が目的だった」

「また、いつものように兼任？」

「仕方がないだろう。予算が予算なんだ」

高塚が籍を置くような弱小の出版社では、編集者がライターやカメラマンを兼任することが、よくある。グラビアといっても、大きく使う写真ではなかったから、この日も編集部の器材を持ち、本人が撮影に出掛けたという。

「周辺の撮影をはじめたのが午後二時頃からだ。あらかじめアポイントメントを取っておいた店を何軒か回り、ナムコ・ワンダーエッグの外観を撮影して、駅のホームまでやってきた。ホームに入線する電車を正面から撮影すれば、この日の撮影は終わりだった」

夕方の四時を選んだのは、高津方面から入る銀色の車両が、夕日に照り映える姿を撮りたかったからだそうだ。高塚は写真学校に通っていたこともあるという。そこに編集者としての経験と勘が働くから、七緒から見てもセンスの良い写真を撮ることが少なくない。

「ところが、電車の写真を撮り終えると、今度はどうしても夕方の街の雰囲気も撮りたくなってね。この季節の日が落ちるのは早い。急いで駅の外へ出ると国道２４６号線を渡り、繁華街へむかった。すると商店街に入ったすぐのところに、人だかりがしていたんだ」

「当然、好奇心旺盛なあなたは、傍に近寄ったと」

「うん。高校生よりも少し年上の、若い男が道路に蹲《うずくま》っていた。側に立っていた人が声をかけると、立ち上がったんだが」

男は立ち上がり、高塚の顔を見るなり「こいつだ！　こいつが俺を殴ったんだ」と、騒ぎはじめたという。間もなく駆け付けた警察官によって、否応なしに連行され、取り調べを受けたのだそうだ。

「どうして、そんなことになったのよ」

七緒は、呆れたように声を上げた。いや、心底呆れていた。

「ぼくにだってわからない。若い男は最後まで、ぼくが彼に暴行を加えたと証言したそうなんだが」

「でも、警察の人がいっていたわ。どうやら非は若い男の方にあるって」

「そうなんだ。近くの店の店員が事件の顚末《てんまつ》を見ていたようなんだ。ぼくがその場に到着する十五分ほど前に、小さな口論が原因で喧嘩が始まったらしい」

「だったら」と声を上げたところへ、工藤が、茹《ゆ》であげた自家製ソーセージに、辛味の効いたトマトソースをかけたものを持って、やってきた。そこで会話が停まった。

嚙み切った瞬間に流れ出る熱い肉汁とトマトソースのバランスは、寒い冬の夜を幸せな気分で満たしてくれる。少なくとも、高塚の身に起きた不幸よりも、そちらを味わうほうが重大事であった。七緒にとっても、多分、高塚本人にとっても。

二人がかりで瞬く間に皿を平らげたところで、工藤がいった。

「多分、不幸な偶然が重なったのですよ」

「というと？」

「高塚さんは、その時どのような格好をしていましたか？」

「どのようなって、それはいつもの」

「たとえばジーンズに動きやすいシャツをきて、上はカメラマンコート、とか」

「うん、その通り」

「肩には、銀色のジュラルミン製のカメラバッグをもって」

高塚が頷くと、工藤は「やはりそうでしたか」と、唇を噛んだ。

「うちのお店に、妻木様というお客さんがいるのをご存じですか」

「知ってる。あの……写真で賞をもらった、妻木信彦氏」

「そうです。飯島さんは、何度かお話しになったことがありますね。彼もよく仕事帰りに店に寄られますが、やはり同じ格好が多いようです。動きやすいようにジーンズにシャツ。上着はカメラマンコート。もしもコートの色がよく似ていて、なおかつ背格好まで似ていたとすると」

工藤の「不幸が重なった」という言葉の意味がよくわかった。

「じゃあなにか、あの日、同じ時刻の同じ街に、よく似た背格好と姿のカメラマンがもう一人いたってことか」

高塚が憤懣《ふんまん》やる方ない口調でいって、ビールを飲み干した。

「でも十分に考えられると思う。だってここ数年、三軒茶屋から駒沢、用賀《ようが》、二子玉川園のラインは、人気急上昇中だもの」

三軒茶屋の街中でも、カメラマン、テレビクルーの姿を見かけることは、決して珍しくない。一度は、香菜里屋にも取材の申し込みがあり、工藤がそれを丁寧に断ったという話を聞いた。

工藤が続けた。

「近くの店員が、事件の顚末を見ていたのでしょう。彼もやはり証言に自信が持てなかったのですよ。その男性を殴り飛ばしたのが高塚さんであったのか、あるいは別のカメラマンであったのか」

「そうか、しかも相手の男に非があることは間違いがないようだから」

「一応、身元引受人を呼んだ上で、簡単に解放してくれたのではありませんか。多分この件に関して、警察もこれ以上深くは追及しないことでしょう」

工藤がいうと、すべてが真実に聞こえるようで不思議だった。店には警察官の常連もいると聞く。あるいは、いざとなったら、そちらの方面に働き掛けるつもりなのかもしれなかった。

「でも高塚さんをホームで見たという証人がいれば」と七緒がいうと、工藤は、少し淋しそうに笑って、

「無理でしょう。夕方のその時間では、かなりの乗り降りがあったはずです。もちろん、看板を立てて捜すことも可能でしょうが、最近の人はそうしたことにひどく無関心ですからね」

するると、高塚が思わぬ勢いで立ち上がった。

「いる!」

「えっ?」

「証人はいる。そうだ、たしかにいるんだよ、彼女だ」

「彼女って?」

「ぼくがホームで撮影をしているときに、ちょうど反対側ホームに下り車両が入ってきたんだ。そこに乗っていた少女だ。ちょうど十七、八歳かな。ぼくの作業がよほど珍しかったのだろう。じっとこちらを見ていたんだ。彼女なら、ぼくがその時間にホームにいたことを証明してくれるはずだ」

「でもほんの一瞬のことでしょう」

「いや、ホームにはかなりの低速で入線する。それから発車するまでには数十秒の間がある。その間、じっとぼくの方を見ていたんだ。まるでぼくの動作の一つ一つまで、見逃したくないというように。彼女なら確実にぼくが駅のホームにいたことを証明できるはずだ」

高塚の声のどこかに、熱っぽい響きがあった。とたんに七緒には、すべてがどうでもいいような気がしてきた。

——それよりも、わたしには草魚さんの一件がある。

「ぼくは捜してみせる、絶対に」と、半ば浮かされたように言い続ける高塚を尻目に、

「わたしは、お会計をお願いします」と七緒はいった。

「ちょっ、ちょっと飯島くん。ぼくに協力をしてくれないのか」

高塚の声をわざと聞き流して、店を出た。

街が急に慌ただしさを増す中、月の半ばを越えたところで、七緒の年内の仕事が終了した。「じゃあ年明けに初校を見ますから」と、いくつかの編集部に電話を入れる

と、飯島七緒から、フリーライターの肩書きが完全に取れた。

するると、考えることは必然的にひとつしかない。

――なぜ、片岡草魚は鎌倉にいたことを、姉に告げなかったのか。

告げることができない事情とは、いったいどのようなものであったのか。

「思い詰めていると、答えはいつのまにかすぐ近くにまで寄ってくる。あとはそれを捕まえることができるか、否かだよ」と、七緒に教えてくれたのは、さる老練な編集者だった。

ノートを何度も読み返すうちに、答えらしきものが見えそうになるのだが、それで終わりである。あの夜以来、不思議な精神のシンクロ感覚はない。

佐伯克美からノートを借りて、すでに二週間が経つ。あれから二度ほど佐伯には電話をかけ、絹枝の人となりを知るエピソードが他にないか、尋ねてみた。ただ、逆に「片岡草魚とは、どんな人だったのですか」という質問が恐くて、なかなかつっこんだことまで聞けないもどかしさがある。いくつかの空回りする会話から得られたのは、少なくとも佐伯克美が「この世ならざるもの」でないことのみであった。

その夜も七緒は、香菜里屋にいた。カウンターの反対側の端には常連客の北がいて、七緒と北との間に、笹口ひずると彼女の連れの客がいた。たしか百瀬健次といわなかったか。以前に、近くのマンションで一人暮しの女性が殺害された事件で、何度か話をしたことがある。

百瀬が警察官であることから、

「ねえ、この事件をどう思いますか」

七緒はそういって、鎌倉で起きた事件の新聞記事を、見せてみた。

「ずいぶんと古い事件ですねえ」

「時効にはなっているけれど」

百瀬は、新聞記事を読み終えると、じっとこめかみの辺りを押さえるように考え込んだ。

「不思議ですね。遺体発見当日の記事はともかく、その後の後追い記事でも、強盗であったのか、怨恨《えんこん》であったのか、あるいは通り魔殺人であったのか、まるで特定されていない」

「そういえば、そうですね」

「あるいは、情況が曖昧すぎて、特定ができなかったのか」

「そんなことがあるんですか」

「物取りと断定するには財布が懐に残っていたり、周囲に動機を持つものがいなかったり、あるいは通り魔の場合は地域で同一事件が発生することが多いですから、その兆候がなかったり。とまあ、理由は色々考えられます」

頭部のどこかで光が弾けた。光であったか、音であったか、衝撃であったか、定かではない。ただ、「答え」は、その瞬間にひとつの形を作って七緒の前に下りてきた。

——どうして、草魚は葉書を出さなかったのか。

あるいは、どこか怪我をしたか、病気にでもなったのかもしれない、とも思った。が、絵日記には草魚らしき男の姿が二箇所にわたって描かれている。鯉のぼりを眺めるイラストがまず一点。そして驚いたことに、二点目は湯槽に浸かる絹枝の背中を、流している男のイラストとして登場する。かなりラフに描かれた男の顔に、七緒の知らない、まだ壮年の草魚の面影が確かにある。怪我や病気で伏せっているのでないことだけは確かだ。

——だとすると、どうなる？

意識が拡散と収斂《しゅうれん》を繰り返した。

「どうしたのですか」と、工藤が声をかけるまで、七緒はひとつの答えをあらゆる角度から考証し、瑕疵《かし》がないかチェックしてみた。我に返ると、店には客の姿がない。時計がすでに閉店時間を大きく過ぎていることを示していた。

「すみません！」

「いえ、大丈夫ですよ。それよりも、随分《ずいぶん》と深刻なお顔でしたよ」

工藤に話をするべきかどうか、七緒は迷った。すると顔色を見抜いたように「閉店時間ならお気になさらずに」といって、壁の横のスイッチに触れると、表の提灯の明かりが消えた。

「あの、佐伯絹枝さんですが、たいへんなことを見落としていたのではないでしょうか」

「と、いいますと？」

「彼女はご両親が亡くなったのち、実兄の援助を断って自活していたのです」

工藤が、グラスに布巾《ふきん》を当てる手を止めた。

「なるほど、彼女にはそれだけの生活力があった、と」

「身体の不自由な彼女に、十分な収入などあるとは思えません。つまりご両親は彼女にかなりの資産を残されたということですよね」

「たしかに、そのようですね」

「さっき、百瀬さんとの会話をお聞きになりました？」

「はい、失礼かとは思いましたが」

「森本幸造氏は、どうして殺されたのでしょうか。どの新聞記事を読んでも、そのことについては書かれていません。もしかしたら、賊が本当に狙っていたのは森本氏ではなく……あの、つまり狙われていたのは……」

そのシーンが、急に浮かび上がった。クリスマスイブを恋人と過ごすために夜道を歩く森本幸造。それを木陰からじっと見据える人影。その顔と片岡草魚の顔とがリンクしないよう、必死になって意識を集中する。だが、だめだった。

「もしかしたら、森本氏を殺害したのは、草魚さんではなかったでしょうか」

そう言葉にすると、急に目頭が熱くなった。

故郷を大火に晒《さら》したために、逃亡生活を余儀なくされた草魚。自ら死んだことになってしまったために、戸籍も持たず、全国を放浪せざるをえなかった草魚。七緒が知る草魚はいつも穏やかな笑顔を絶やさない人物であったが、十八歳で故郷を捨てた流浪の人生のなかに、修羅《しゅら》の一面を持つことが一度もなかったと、誰が断言できるだろう。時には餓え、気持ちが荒《すさ》んで凶行に及んだとしても、不思議ではない。

涙が頬を伝い、唇に及んで、その塩辛さに驚いた。

コトンと音がして、霜を吹いたグラスが置かれた。そして一言「違うと思いますよ」と、工藤の救いの一言が耳に入った。

――ソウカ、コノ一言ガ聞キタクテ、ワタシハココニイルノカ。

「五冊目のノートに、片岡さんらしき人がいるのですから、彼が強盗や殺人犯でありえるはずがないでしょう」

「でも、たとえば絹枝さんを襲うことを止め、むしろ森本氏に成り代わって絹枝さんの愛情を得たほうが、すべての財産を自由にできると、考えたとしたら……」

あえて反論を試みると、意外にも工藤は「その可能性は否定できませんね」と、あっさりと自説を翻《ひるがえ》した。が、すぐに、

「それよりも、気になる点がいくつかあるのですが」

「というと?」

工藤は、七緒から五冊目のノートを受け取ると、ページをめくった。

「片岡さんが残した六つの句ですが、ああこれです」

句は、ノートとは別の半紙にボールペンで書かれ、ページとページの間に挟まれている。

「これを書いたのは絹枝さんです。筆跡を見れば一目瞭然ですね。ではどうして片岡さんはこの句を自分で書かなかったのでしょうか」

二人の関係がかなり濃密なものであったことは間違いない。「約束の」で始まる句

にせよ「誹られて」の句にせよ、そこには強烈なエロスがある。なによりも、草魚は風呂場で絹枝の背中を流すほどの仲になっているのだ。ただし、それが自作の句を絹枝に筆記させるか否かの問題となると、関連づける要素はきわめて薄い。

「まだあります。車椅子でしか生活のできない佐伯絹枝さんと、片岡さんがこうした関係になるには、なにか大きな接点が必要でしょう。どこかにあったはずなのですよ。二人が交わった〝点〟が。それがとても重要な要素であるような気がします」

「二人が交わったはずの〝点〟、ですか」

「まだあるんですよ。残された句ですが、わたしの知る片岡さんの句に比べると、非常にビジュアルな要素が強いんです。ことに『故郷に不意に』で始まる句ですが、彼はいったい銀座で何に出会ってしまったのでしょうか。『秋眠る』は『あきねむる』とは読まずにただ『ねむる』と読むべきでしょうね」

「実は、その句については、わたしも気になっていたんです」

故郷を追われるように逃げ出した草魚にとって、山口県に関する事物は強烈ななつかしさの対象であると同時に恐怖の対象でもあったはずだ。それでもなお句に残したかったものとはなにか。

「そして最後の一点。五冊目のノートが書かれたのが昭和四十三年です。同時にこの年は絹枝さんが亡くなった年でもあります。佐伯克美氏の手紙には『長い闘病ののちに亡くなった』とありますから、わたしたちは当然のように死因が病気であったと思い込んでしまいました。けれど、本当のところはどうなのでしょう」

佐伯絹枝は昭和四十三年十一月にこの世を去っている。五冊目のノートはそれまでの四冊と違い、描かれた日付がはっきりしないものや、かなり日数を飛ばして描かれたと思われるものが多くなっている。日付がはっきりわかっている最後の日記は、十一月三日のものである。判読しがたい抽象的な絵が、見開き二ページにわたって描かれている。記述はなにもない。佐伯克美の話によると、絹枝が亡くなったのは、十一月九日のことだそうだ。

「長峰さんにそのことを聞いてみましたら、ああした病気が急激に悪化することは、ありうるそうです。けれどほんの何日か前までイラストを描けるほどの筋力、体力を維持していた人が、急死するというのは、あまり例がないそうです」

なぜ、草魚は自分で句を書き残さなかったのか。

二人の接点はどこにあったのか。

銀座で草魚が見たものはなんだったのか。

佐伯絹枝は、どうして急死したのか。

ひとつの項目も忘れぬよう、七緒は四つの疑問を頭の中で繰り返した。

4

佐伯克美と、急に連絡が取れなくなった。

クリスマスイブまであと数日という月曜日、絹枝の死因を尋ねるために佐伯の自宅に電話をかけると、留守番電話が不在を告げた。翌日も、その翌日も結果は同じだった。あるいは、旅行に出掛けたのかもしれない。

仕方なしに七緒は、鎌倉市内の図書館に向かった。佐伯絹枝の死について、なにかわかるかもしれないと思ったのである。

閲覧テーブルで地元新聞の縮刷版を開くと、ごく自然に草魚のことが思い出される。彼が死んだのち、山口県の長府まで出掛けて、終戦直後の事件を調べたときのことである。やはりこうして古い新聞を、何日も探し続けた。

——それに較べたら……。

佐伯絹枝が死亡した日時ははっきりとしているのだから、調査は簡単だ。ただし、彼女の死が、新聞の記事にもならないほど自然なものであれば、この調査は無駄になる。

それでもいいと、七緒は思った。むしろ、草魚と絹枝をめぐるこの一件に、もっと奥深い、絶望的な色合いが見えてきそうで、七緒は恐かった。

なにかを見付けたい自分と、なにも見たくない自分の葛藤《かっとう》をもてあましながら十一月の記事のページをめくる。四日の記事、五日の記事、六日の記事、七、八、と飛ばして九日の記事をめくってもそれらしい記事はなかった。

だが、十日の朝刊に、その記事はあった。

『車椅子の若い女性、感電死』

見出しを見たとたん、七緒は自分でも知らないうちに天井を仰いでいた。

――感電死！

『十一月九日午後八時頃、鎌倉市扇《おうぎ》が谷《やつ》に住む佐伯絹枝さんが自宅居間で死んでいるのを、訪ねてきた実兄の佐伯三郎氏が発見した。（中略）死体に外傷はなく、絹枝さんが電気コンセントを握って死んでいたことから、なんらかの理由で感電したものと思われる』

記事そのものはいたって簡単で、その後数日分の新聞を調べても後追い記事はなかった。ということは、警察の判断も事故死で決着を見たということだろう。そのことが七緒を安堵《あんど》させた。

――それにしても……。

縮刷版を閉じても、七緒は容易には立ち上がれなかった。故郷を捨てざるを得なかった男と、病ゆえに長く外の世界を知らなかった女性。誰に看取られることなく、静かに死んでいった老人と、やはり誰も知らないところで事故で死んでいった女性。

二人はどこで知り合う機会があったのか。

どのような想像をめぐらせたところで、事実に近付くことはない。

しかも彼女が死んだのは、七緒が生まれるほんのひと月前なのである。草魚をめぐることといい、どうしても佐伯絹枝という女性を理性的に、距離をおいて考えることが、七緒にはできなかった。

別の資料をあたることにした。草魚が銀座で見かけたものの正体を探すため、である。といって、なにかのあてがあったわけではない。漠然と昭和四十三年の秋に、銀座周辺で山口県、あるいは長府に関する事件、もしくはイベントがあったのではないかと考えたのである。

戦後五十年間の新聞ダイジェストを取り出し、ページをめくった。一月から見ていったのは、自分の生まれた年がどんなものであったか、興味を覚えたからである。

一九六八年。人々はかつてのオリンピックランナーである円谷幸吉《つぶらやこうきち》の自殺の記事に驚かされる。彼が残した遺書は、当時川端康成によって「哀切極まりない」と評された。リアルタイムで事件を知らない七緒も「父上様母上様、三日とろゝ美味しうございました」で始まる、幸吉の遺書については知っている。

二月には静岡県寸又峡《すまたきょう》におけるライフル魔立てこもり事件、いわゆる『金嬉老《きんきろう》事件』が起きている。五月の十勝沖《とかちおき》地震、パリ五月危機。六月、小笠原《おがさわら》返還、ロバート・ケネディ暗殺。八月、札幌医大での心臓移植手術。十月に東京プリンスホテルのガードマンが射殺された事件は、やがて連続射殺魔・広域重要事件一〇八号に指定され、翌年犯人の永山則夫《ながやまのりお》が逮捕されるまで四人の犠牲者を出している。同じ十月には戒厳令下でのメキシコオリンピックが開催され、そして十二月。東京都府中市路上で東芝職員のボーナスが強奪される『三億円事件』が起きている。

――ベストセラーになったのは司馬遼太郎《しばりょうたろう》の『竜馬がゆく』に北杜夫《きたもりお》『どくとるマンボウ青春記』、か。

いずれも山口県には縁がない。

その外流行したCM、映画、歌謡曲、テレビ番組に至るまで調べたが、それらしいものは見つからなかった。この年、東大をはじめとする学園紛争が始まっているが、それも片岡草魚となにか関係があるとは思えなかった。

香菜里屋につくと、意外な人物が待っていた。

連絡がつかずにいた佐伯克美が、カウンターでビールグラスを傾けていた。おまけにその隣には、高塚正雄までいる。七緒が店に入るなり、二人が「やあ」と手を挙げたので、どちらに先に返事をして良いものやらわからず「はあ」と言葉を濁した。

「はじめて訪ねてきましたが、良いお店ですね」

香菜里屋を誉《ほ》められると悪い気がしない。これは十分に常連になった証拠だと、七緒は苦笑した。

「佐伯さん、探していたんですよ」

「ああ、お知らせしていませんでしたね。出張で長野へ出掛けていたんです」

「そうだったんですか」

ビールを注文するよりも早く、佐伯が「なにかありましたか」と聞いてきた。

「いえ、もういいんです。実は絹枝さんの死因について知りたかったものですから」

佐伯が眉をしかめて、

「どうしてまた、そんなことを？」

「別に理由はないのですが、五冊目のノートを書いた年に亡くなられていますよね。だからなんとなく気になって」

工藤が気にしているとは、口にしなかった。口にしないで、

──正解だった。

そう思わせるほど、佐伯の表情が厳しくなった。ビアサーバーにグラスをあてた工藤が、七緒にだけわかるように、首をごく小さく横に振った。

「事故ですよ。叔母は事故で亡くなったんです」

佐伯絹枝の死に、なにか隠しておかねばならない事実があるのか、あるいは肉親として彼女の死に触れられることを好まないのか、今の時点で七緒にはわからない。多分、彼女の死について調べたことも黙っておいたほうが良いと判断して、話の矛先《ほこさき》を変えた。

「ところで……例の一件はどうなりました?」

とたんに今度は高塚の表情が険しくなった。口をついと尖《とが》らせ、

「駄目だ、手がかりナシ」

「ずいぶんとあきらめが早いんですねえ」

「そんなことはないさ。こんなものまで配って頑張ったんだから」

高塚がバッグから取り出したのは、手製のビラだった。大きく「わたしを知りませんか！」という文字が躍っている。自分のカメラマン姿の全身写真と、事件の顚末が書かれ、「事件当日の午後四時頃、わたしを二子玉川園駅のホームで見かけた方は、ご一報をお願いします」という文章で締められている。

「あら、あなたの仕事に見入っていた少女を捜すんじゃなかったの？」

「それも含めて、の情報収集だよ」

「これを駅前で配った？」

「相当に恥ずかしかったけれどね。その外にも新玉川線、田園都市線の周辺の駅でも配った」

すると、今度は佐伯が興味を示してきた。ビラを読んで事件のあらましはわかっていたのだろう。少女についての内容を話して聞かせると、工藤にビールを注文したまま考え込んでしまった。この店では、飲みかけのビールを放っておくことは、厳禁事項に属する。もしも佐伯がこの店を気にいって、たびたび訪れるようになれば、自然と身につくルールである。

——それも悪くない。

七緒は思った。

突然。

「その少女は、反対ホームに入ってきた電車に乗っていたのですよね」

と佐伯がいった。

「そう、渋谷《しぶや》方面からの電車ですよ」と高塚。

「高塚さんのことを、車窓越しにじっと見ていたのですね」

「ぼくの仕事に見入っていた」

「あるいは……」といいかけて、佐伯がまた黙り込んだ。

「なにか、わかったのですか」と七緒。

「いや、小さな可能性です。見当違いかもしれない。車窓越しでは少女の下半身は当然見えませんよね」

「興味もありません!」

「そうじゃなくて、もしもですよ。高塚さんには見えなかっただけで、もしも少女が手に白い杖を持っていたとしたら」

七緒と高塚が、ほぼ同時に「あっ」と声を上げた。少女の目はたしかに見開かれ、高塚の方を向いていたかもしれない。けれどその瞳には、彼はおろか、周囲の風景さえも見えていなかったとしたら。佐伯はそういっているのである。

ややあって「ぼくはどうしようもない阿呆《あほう》だな」と、高塚が吐き捨てるようにいった。

「あくまでもわたしの想像です」

「いや、いわれてみればそうだよ。彼女はぼくの仕事に見入っているようで、たしかに何の感情も持ってはいなかった。そうなのか、彼女は目が見えなかったのか」

その時、工藤がやってきて、「だとしたら、もっと簡単に高塚さんの無実が証明されるかもしれませんね」と、何気なくいった。この店の店主は、本当に何気なく、こんな驚くべき言葉をいってのける。これはある種の才能ではないか。

「どうして」と、三人が口々に問うと、

「もし、そのような障害がある方なら、乗る電車はかなり限られます。多分、新玉川線が彼女にとっての、数少ない利用電車なのでしょう。しかも、ラッシュ時を避けるはずですから、乗る時間帯も、高塚さんが見かけた四時頃に限定されるのではありませんか」

「すると、どうなる？」

「彼女を捜す手がかりがぐっと狭まります」

「だって、彼女は目が見えないのだろう。いくら捜し出しても、ぼくを見かけたなんて証言は得られるはずがない」

「その必要はありませんよ」

七緒には、ようやく工藤のいわんとすることが読めてきた。

「そういうことね」

「そういうことです」

「二人で理解してないで、説明してくれないか」

「つまり、彼女を捜しだし、何時の電車に乗ったかを聞き出せば、その電車に乗っている彼女を見かけた高塚さんのアリバイは、自動的に証明されるというわけ」

高塚が、ぽかんと口を開けたまま静止した。やがて、

「そうか……そうだよ、そうだよね」

残りのビールを飲み干し、高塚が飛びだすように店を出ていった。もしかしたら、新たなビラでも作るつもりかもしれないと、七緒は思った。

そうしてしばらくビールを楽しんでいると、不意に佐伯が、

「三年前に父を亡くしましてね」と、話しはじめた。

「それで、あのノートが佐伯さんの手元に？」

「ええ。母親は四年前に亡くなりました。他に兄弟もいませんから、わたしはまるっ

きりの天涯孤独の身になりました」

言葉に窮していると、「別にいいんです」と、誰にいうでもなく、佐伯がつぶやいた。

「なんだか、身の回りに青空が広がったようで。でも空って雲があったりして、はじめて本当の空なのでしょう。でもぼくのまわりにはただ、青空が広がった。ぽかんとして青いばかりの空です。まるで感情がどこかにいってしまったみたいで。そんなときに叔母のノートを手にしました。ああ、この人は自分と同じ種類の人間なんだ、と」

七緒は聞き役に徹することにした。

「そして、七緒さんの記事を読みました。嬉しかった。片岡草魚さんと叔母が、なんらかの接点を持ったと考えると、無性に嬉しかった。だからあんな手紙を書いてしまいました。叔母は決して孤独ではなかった。そう考えると、自分までも救われる気がしましてね」

佐伯はそういって、工藤に向かって「ご馳走様でした」と声をかけた。

「また寄らせてもらいます」

そういって背中を向けた佐伯は一度だけふりかえり、「ノートは気の済むまでお使

いください。返却は郵送でかまいませんから」といった。その足音が消えるのを確認して、七緒は工藤に向かって、

「絹枝さんは事故死でした。自宅で感電死したそうです」

何気なくそういって、すぐに工藤の表情の暗さに、次の言葉を失った。

「そうですか、感電死ですか」

「どうかしましたか」

それには答えず、工藤は流しの引き出しから紙片を取り出し、七緒に渡した。昭和四十三年の、ある新聞記事である。

『八海《やかい》事件、十七年九ヵ月ぶりの無罪』の見出しを読んで、七緒は驚いた。

「これなのですか。もしかしたら草魚さんが銀座で出会ったというのは」

「山口県で起きた夫婦殺害事件で、死刑と無期懲役の判決を受けていた四人の被告が、三回に及ぶ上告審で、無罪判決をもぎ取ったそうです」

自ら逃亡生活を送っていた草魚には、四人の被告の冤罪《えんざい》が証明されたことが、何よりも嬉しかったのかもしれない。それであんな句を読んだのか。と納得した瞬間、

――あれ、まただ。

再び七緒は、絹枝の精神と同化するような感覚を覚えた。

背筋が寒い。脳裏に先程の「電車に乗った少女」の映像が浮かんだ。

――二人の接点はどこにあったのか。

――あり余る資力を持った車椅子の女性に、草魚が近付いたのはなんのためなのか。

――草魚ばかりじゃない！

恐怖で胃袋がねじ切れそうになった。

接点は、確かにあったのだ。それが具体的な映像となって七緒にのしかかった。絹枝をおぶった草魚の姿である。

「あの、工藤さん、まさか！」

「すべては想像でしかありません。真実を掘り起こす鍬《くわ》を、わたしたちは持ってはいないんです」

その後、どうやって家に辿《たど》り着いたのか七緒はわからなかった。

夜。七緒は久しぶりに草魚の夢を見た。

――草魚さん、わたし結婚するのかもしれないんですよ。

「そりゃあまあ、めでたい事ですねえ」

――草魚さん、あなた、もしかしたらとんでもないところで絹枝さんに出会ったのではありませんか。

「………」

工藤がいった交わりの点とは、すなわち森本が殺害された夜のことではなかっただろうか。あの夜、草魚が見たのは、森本に背負われたまま、彼の胸にナイフを突き立てる絹枝の姿だったのだ。二人の間にどのような諍《いさか》いがあったのかは想像するしかない。だが、筋肉が萎縮してゆく難病の女性に対し、もしも森本がいささかの愛情も抱いていなかったとしたら。彼が本当にほしかったのは、彼女の資産であったとしたら。

――愛情は、瞬く間に殺意にかわりますよね。

車椅子でしか動けない女性だからこそ、彼女は最初から容疑の圏外にいることができた。いや、背負われた体勢で犯行を行なうということは、すなわち彼女にとっても帰り道のない道行きでもあったはずだ。

――まして、犯行現場は、車椅子をもってしても辿り着けない切通しなのだから。

現場に出くわし、事態をいち早く悟った草魚はどうしただろうか。あるいは、遺体の前で呆然とし、ただただ自分の胸にナイフを突き立てるタイミングを計っている絹枝に対し、草魚はどう接しただろうか。

——助けたかったのでしょう、草魚さん。絹枝さんを助けたかったのでしょう。だからあなたは瞬間的に、こんな言葉を投げたんです。彼女の精神的な共犯者となるために。

『すみません、そこにいるのは誰ですか。道に迷って難渋しております。どうかお助け願えませんか。わたしはご覧の通り目が不自由なうえに、杖《つえ》までなくしてしまいました。お願いですから、お助けください』

その瞬間、彼女の心境にどのような変化がもたらされたかは、定かではない。が、自らも身体が不自由なことを告げ、足の部分を草魚が、目の部分を絹枝が補う形で——あくまでもそう見せ掛けて——、二人は家まで辿り着いたことだろう。

その後も草魚は、盲人のふりをして絹枝の家を訪ねたにちがいない。彼女の気持ちがかわって、自殺などしないように。そのうちに二人の関係は進んだかもしれない。なにより、草魚の目が見えないことが、絹枝の安心感の源になっていたはずだ。

が、一方で、草魚は別の苦しみを背負わなければならなかった。まだ壮年の草魚が、盲人のふりをし、ときに浴槽で絹枝の裸体に接することは、相当なストレスになったはずだ。彼は、自分の欲望を句に託すしかなかった。

――それを、あなたは絹枝さんに見られたのですね。

多分、草魚が句帳に密かに記したものを、彼女は見て別の紙に書き写したのである。

六句のうち、「故郷に」で始まる句以外は、想像といって言い含められないものではない。それを他の誰かに筆記してもらったとの言い訳も、苦しいながら通じたかもしれないが、八海事件のことを詠んだ句のみは、言い逃れができない。まして場所は銀座である。夕刊紙の見出しでも読んで、そのことを知ったのだろう。

その先に、絹枝の自殺がある。多分、彼女は事故を装って死ぬしかなかったのである。

佐伯が彼女の死に対してナーバスな反応を見せたのは、密かに父親から自殺の可能性があることを聞かされていたからだろう。

――守れなかったのですね、草魚さん。あなたは彼女を守ることができなかったのですね。

目が見えないふりをしている草魚は、当然ながら長府の姉に葉書を出すこともできなかった。空白の時間は、こうして生まれた。

――草魚さん、草魚さん。

いくら問い掛けても答えはない。

闇はますます深くなるばかりだ。

佐伯克美にはなにも告げず、ただ簡単な礼を記して、ノートを返すことにした。

佐伯絹枝が自分の婚約者を殺害した犯人であったこと。草魚が犯行現場に遭遇したこと。以来、盲人のふりをして絹枝に接近し、実は健常者であることを知られたために、絹枝は自殺したのだ、などと報告したところで、誰も報われない。

第一、なんの根拠もない話である。

——すべては想像。すべては妄想。

ただし、七緒のなかでは少なくとも真実の重みを秘めた話である。なぜなら絹枝の意識と自分の意識が同化した結果、得られた推理なのだから、まちがっているはずがないなどと、誰にもいえるはずがない。もしかしたら、真実などというものの正体は、実は普遍性などどこにもなくて、ただ個人の信念の中にのみ息づく幻かもしれない。

あれ以来、「香菜里屋」で草魚と鎌倉の話をすることはない。長峰も高塚も、その一件の顚末を聞きたがったが、いつも話をはぐらかしている。高塚については、いまだ少女を捜し続けていて、それどころではないという事情もある。

——もしかしたら、プロポーズの一件を忘れてはいないかなあ。

そんな声をかけてみたくなることもあるが、すべては事の成り行きに任せることにしている。

——答えはちゃんと用意しているのに。

ごく例外的に、時折店がひどく暇で、七緒と工藤以外に客がいないときなど、草魚の話をすることがある。

この日も、客は七緒一人である。

「ねえ、マスター。草魚さん、どんな気持ちで絹枝さんに接していたのだろう」

「嬉しかったと思いますよ。逃亡者の自分が、人の役に立つことが、無上の喜びだったはずですよ」

七緒も、同じ事を考えていた。そうであってほしいとも思った。

「だからこそ、自分のミスを恨んだでしょうね」

「あの」と、工藤が言葉を濁した。

「こんなことも考えてみたのですよ。もしかしたら絹枝さんは、早くから気が付いていたかもしれないと。健常者が盲人の真似をするのは大変です」

「じゃ、じゃあどうして！」

「解放してあげたかったのかもしれませんね。片岡さんのことを」

「じゃあ、たまたま草魚さんの創った句を読んで……」

「もちろんきっかけにはなったでしょうが」

そうして工藤は「もう止めましょう」といって、話に終止符を打った。

「あと数日で、今年が終りますね」

「今日が河岸《かし》の最後の商いだったんですよ」

「へえ、そういえば少しお腹が減ったな」

七緒が胸の下辺りをさすると、クウと音がした。すかさず工藤が、

「即席で牡蠣《かき》のシチューでも作りましょうか。いいものが入っていますし、ソースのストックがありますから」

そういって、厨房に消えた。

解説

瀧井朝世（ライター）

東急田園都市線《とうきゅうでんえんとし》で渋谷《しぶや》から二駅目、世田谷《せたがや》線のターミナル駅でもある三軒茶屋《さんげんぢゃや》。世田谷区のほぼ中央に位置するこの駅周辺のエリアには商店街が広がり、北へ向かう茶沢《ちゃざわ》通りを上ると下北沢《しもきたざわ》にたどり着き、東西に広がる国道２４６号線は、東へ行けば渋谷を通ってその先へ、西に向かえば環状七号線を越えて伸びていく。２４６号線からy字を描くようにして西へ向かって延びていくのは世田谷通り。駅を出てその世田谷通りを西へ向かい、途中で曲がって細い路地に入り、袋小路を進むと行き止まりの手前の左側に白い縦長の提灯《ちょうちん》がある。その腹に書かれた店の名前は「香菜里屋」。本作の舞台である。

著者の北森鴻がこの『花の下にて春死なむ』の表題作を雑誌「創元推理」に発表したのは一九九五年。『狂乱廿四孝』で鮎川哲也《あゆかわてつや》賞を受賞、プロ作家デビューを果たした年である。この短篇は翌年、日本推理作家協会賞の短編および連作短編部門の候補となる。その後、一九九八年に六篇を集めた連作短篇集『花の下にて春死なむ』が刊行され、次の年に同書で再び日本推理作家協会賞の短編および連作短編集部門の候補となり、受賞する（当時の推理作家協会賞は選考対象となる小説を「長編部門」「短編および連作短編集部門」に分けていたが、二〇〇〇年以降は「長編および連作短編集部門」「短編部門」に分けている）。その後文庫化され、本書はその新装版である。続篇も書き継がれ、シリーズは全四巻。二弾以降の単行本の発表年は、『桜宵』が二〇〇三年、『螢坂』が二〇〇四年、『香菜里屋を知っていますか』が二〇〇七年だ。

ミステリのジャンルとしては、安楽椅子探偵ものといえるだろう。ビアバー「香菜里屋」のマスター、工藤哲也は客が持ち込む謎、あるいは客が謎と気づかないまま語る雑談の中に秘密を嗅ぎ取って真相を解き明かし、常連客や読者に見えている景色を一変させてしまう。時には客同士で推理合戦が繰り広げられることも。読者が客と一緒に謎解きを楽しめる話もあるが、工藤ほどのアクロバティックな考察力がなければ完全にお手上げ、という場合もある。また、問題が解決することもあれば、推測の域を出ないこともある。胸の奥が温かくなる真実もあれば、切なさがこみあがる展開もありがとう、ほろ苦さを味わう真相もある。どれも最後のページを読むまでどこに行きつくか分からない、その味わいの多様さも魅力だが、共通するのはどれも毎回、人生のままならなさが浮かびあがり、なんともいえない余韻を残すということ。

工藤は店のサービスでも推理の披露でもまったく押しつけがましくなく、それが居心地の良さを生み出している。もちろん登場する料理も非常に魅力的で、ビールに合うつまみの数々は、工藤の説明によりレシピも把握でき、どれも真似《まね》できそうなのが嬉しい。料理が盛られるのも和洋含むさまざまな陶磁器で、盛り付けまで想像させてくれる。また、工藤は相当な読書家のようで、時に実在の小説の名前が挙がるのも本好きの心をくすぐる点である。

推理と工藤の人柄、美食と美酒、さりげなくちりばめられた教養や語りの上手さで酔わせる本作だが、もうひとつ大きな魅力は、それぞれの短編の中に、誰かの長い時間にわたる思いが埋め込まれていることだろう。その特色はシリーズ第一作でもある短篇「花の下にて春死なむ」に強く表れている。店の常連である飯島七緒が所属する自由律句の会の仲間、片岡草魚が自室のアパートで死亡。死因は熱性疾患による衰弱死ということで事件性はなかったが、七緒は彼の身元が分かるものが一切ないことを不審に思う。工藤の智恵《ちえ》に助けられながら彼の故郷と思われる山口県に旅立った彼女は、やがて一人の男の不遇な人生を知ることになる。本書の最終話「魚の交わり」では、片岡の彷徨《ほうこう》の人生の途中で何が起きたのかも浮かび上がり、彼の心中に思いをはせることになる。巻頭と巻末に彼にまつわる作品を置くことで、作品全体にまとまりをもたせた構成も秀逸である。

他の短篇も、人の中に流れる長い時間を感じさせるものばかりだ。「家族写真」も東北の家族たちや、一人の男の過去と思いが浮かび上がる一篇だ。「終の棲み家」もまさに、ある夫婦の歴史が見えてくる一作である。「殺人者の赤い手」では、昔の辛《つら》い事件の痛みを抱えたままの人物が登場するし、「七皿は多すぎる」はユーモアを携えてはいるものの、兄弟や父と息子の長年の確執が想像できる。どれも、誰かが何かを抱えて生きてきた、その歴史が背景にしっかりと存在しているのだ。

個人の歴史は、その人が生きている限り変化していく。シリーズを読み進めていけば、飯島七緒をはじめとする常連客や、二作目以降にレギュラーメンバーとなる池尻大橋のバーのマスター香月らにも転機が訪れていく様子が分かる。彼らのことを単に謎解きの駒として使うのではなく、人生背景を背負った奥行《おくゆき》のある人間として描かれている点に魅了されるはずだ。そして人生の分岐点を迎えるのは彼らだけでなく、やがて工藤、そして香菜里屋も……。ちなみに最終巻『香菜里屋を知っていますか』の表題作では、著者の他のシリーズの主人公たちも登場し、北森作品の読者にとっては嬉しい驚きだ。

変わっていくのは人間だけではない。シリーズ内に三軒茶屋の再開発を題材にした話があるように、町もまた移ろっている。本作第一話の「花の下にて春死なむ」の作中に新玉川線とあるのは、それが発表された一九九五年の呼称だったからで、『花宵』以降は作中の名称も田園都市線に改まっている。本書の第四話「殺人者の赤い手」のなかに「一九八三年の三宅島の大噴火のことですよね。（略）いまから十四年前に（後略）」という記述があり、これが一九九七年の話だと分かるから、おおむね執筆時期と年代設定は同じだと考えてよいだろう。ちなみに三軒茶屋の再開発が行われ、キャロットタワーが立ち、町の景色が大きく変わったのは一九九六年、渋谷～二子玉川学園間の新玉川線が田園都市線に組み込まれたのは二〇〇〇年である。

つまりは変わりゆく三軒茶屋で、変わりゆく人生を歩み続ける人たちが、ほんの一時期関わり合った、そのひとときが詰まっているのが本シリーズといえるのだ。それぞれが未来へ向かって歩き出して疎遠になっても、店の思い出はきっと、まるで香菜里屋の提灯のように、ほんのりと心の中で灯《とも》されているだろう。かつて自分にはあの場所があり、あの仲間がいた、ということが、ささやかな心の支えになるだろう。読者もまた、自分が仲間の一員であったかのような気持ちになるはずだ――と、感傷的になるのは自分だけだろうか。個人的な話だが、私は飯島七緒とかなり共通点があって、九〇年代、勤めていた出版社を辞めてフリーライターとなった二十代の頃、世田谷線沿線に住んでいたので三軒茶屋によく行った。行きつけのバーもあり、常連客同士、店で会話がはずむこともあったのだった。そこには工藤のような名探偵のマスターもおらず魅惑のメニューもなかったが、あの頃のあの町やそこにいた人々の匂いのようなものが心に残っている。そんな体験もあって、自分にとってこれは郷愁を誘うシリーズなのかもしれない。

著者の北森鴻は調理師の免許を持っていたというから、創意工夫に満ちた料理の数々とそのレシピ説明がリアルに描かれているのも腑《ふ》に落ちる。それだけでなく非常に博学で、本作はもちろん、店を持たない古美術商の旗師・宇佐美陶子《うさみとうこ》を主人公にした『狐罠《きつねわな》』から始まる「冬狐堂《とうこどう》」シリーズ、民俗学者の蓮丈那智《れんじようなち》と助手の内藤三國《ないとうみくに》が活躍する『凶笑面』から始める「フィールドファイル」シリーズなどからも、民俗学や骨董《こつとう》、歴史などの知識の豊富さがうかがえる。今後の活躍も多いに期待されていたが、残念ながら二〇一〇年に逝去。享年四十八の若さだった。死後なお愛読者は多く、現在、徳間文庫から「冬狐堂」シリーズの新装版の刊行が始まっている。作品のページをひらけば、どの作品も普遍的な魅力に満ちていることはよく分かるはずだ。謎解きや頭脳戦の面白さ、物語に無理なく盛り込まれた教養だけでなく、人々が織りなす奥深いドラマに引き込まれるに違いない。

工藤や常連客の歴史の一部がこのシリーズに詰まっているように、当然ではあるが、本作も北森鴻という作家の歴史の一部である。発表から時を経た今読み返してもまったく古びていないことに感嘆しつつ、この先もいつだってページをめくれば、あの頃の街とあの頃の人びとに再会できるという歓《よろこ》びを噛みしめる次第だ。未読の方はぜひ、シリーズ続刊も、ご堪能あれ。

この作品は二〇〇一年十二月、小社より文庫として刊行されたものの新装版です。

|著者|北森 鴻 1961年山口県生まれ。駒澤大学文学部歴史学科卒業。'95年『狂乱廿四孝』で第6回鮎川哲也賞を受賞しデビュー。'99年『花の下にて春死なむ』(本書)で第52回日本推理作家協会賞短編および連作短編集部門を受賞した。他の著書に、本書と『桜宵』『螢坂』『香菜里屋を知っていますか』の〈香菜里屋〉シリーズ、骨董を舞台にした〈旗師・冬狐堂〉シリーズ、民俗学をテーマとした〈蓮丈那智フィールドファイル〉シリーズなど多数。2010年1月逝去。

花《はな》の下《もと》にて春死《はるし》なむ 香菜里屋《かなりや》シリーズ1 〈新装版《しんそうばん》〉

北森《きたもり》 鴻《こう》

講談社文庫

定価はカバーに表示してあります

2021年2月16日第1刷発行

発行者——渡瀬昌彦

発行所——株式会社 講談社

東京都文京区音羽2-12-21 〒112-8001

電話 出版 (03) 5395-3510

販売 (03) 5395-5817

業務 (03) 5395-3615

デザイン—菊地信義

本文データ制作—講談社デジタル製作

印刷———豊国印刷株式会社

製本———株式会社国宝社

Printed in Japan

ISBN978-4-06-520809-0

講談社文庫刊行の辞

二十一世紀の到来を目睫に望みながら、われわれはいま、人類史上かつて例を見ない巨大な転換期をむかえようとしている。

世界も、日本も、激動の予兆に対する期待とおののきを内に蔵して、未知の時代に歩み入ろうとしている。このときにあたり、創業の人野間清治の「ナショナル・エデュケイター」への志を現代に甦らせようと意図して、われわれはここに古今の文芸作品はいうまでもなく、ひろく人文・社会・自然の諸科学から東西の名著を網羅する、新しい綜合文庫の発刊を決意した。

激動の転換期はまた断絶の時代である。われわれは戦後二十五年間の出版文化のありかたへの深い反省をこめて、この断絶の時代にあえて人間的な持続を求めようとする。いたずらに浮薄な商業主義のあだ花を追い求めることなく、長期にわたって良書に生命をあたえようとつとめるところにしか、今後の出版文化の真の繁栄はあり得ないと信じるからである。

同時にわれわれはこの綜合文庫の刊行を通じて、人文・社会・自然の諸科学が、結局人間の学にほかならないことを立証しようと願っている。かつて知識とは、「汝自身を知る」ことにつきていた。現代社会の瑣末な情報の氾濫のなかから、力強い知識の源泉を掘り起し、技術文明のただなかに、生きた人間の姿を復活させること。それこそわれわれの切なる希求である。

われわれは権威に盲従せず、俗流に媚びることなく、渾然一体となって日本の「草の根」をかたちづくる若く新しい世代の人々に、心をこめてこの新しい綜合文庫をおくり届けたい。それは知識の泉であるとともに感受性のふるさとであり、もっとも有機的に組織され、社会に開かれた万人のための大学をめざしている。大方の支援と協力を衷心より切望してやまない。

一九七一年七月

野間省一

講談社文芸文庫

庄野潤三
世をへだてて
突然襲った脳内出血で、作家は生死をさまよう。病を経て知る生きるよろこびを明るくユーモラスに描く、著者の転換期を示す闘病記。生誕100年記念刊行。
解説=島田潤一郎　年譜=助川徳是
しA16
978-4-06-522320-8

庄野潤三
庭の山の木
家庭でのできごと、世相への思い、愛する文学作品、敬慕する作家たち——著者のやわらかな視点、ゆるぎない文学観が浮かび上がる、充実期に書かれた随筆集。
解説=中島京子　年譜=助川徳是
しA15
978-4-06-518659-6

京極夏彦 文庫版 邪《じゃ》魅《み》の雫
京極夏彦 文庫版 今昔百鬼拾遺―月
京極夏彦 文庫版 死ねばいいのに
京極夏彦 文庫版 ルー＝ガルー〈忌避すべき狼〉
京極夏彦 文庫版 ルー＝ガルー2〈インクブス×スクブス 相容れぬ夢魔〉
京極夏彦 分冊文庫版 姑獲鳥《うぶめ》の夏 (上)(下)
京極夏彦 分冊文庫版 魍魎《もうりょう》の匣《はこ》 (上)(中)(下)
京極夏彦 分冊文庫版 狂骨《きょうこつ》の夢《ゆめ》 (上)(中)(下)
京極夏彦 分冊文庫版 鉄鼠《てっそ》の檻《おり》 全四巻
京極夏彦 分冊文庫版 絡新婦《じょろうぐも》の理《ことわり》 (一)(二)
京極夏彦 分冊文庫版 絡新婦《じょろうぐも》の理《ことわり》 (三)(四)
京極夏彦 分冊文庫版 塗仏《ぬりぼとけ》の宴《うたげ》 宴の支度《したく》 (上)(中)(下)
京極夏彦 分冊文庫版 塗仏《ぬりぼとけ》の宴《うたげ》 宴の始末《しまつ》 (上)(中)(下)
京極夏彦 分冊文庫版 陰摩羅鬼《おんもらき》の瑕《きず》 (上)(中)(下)
京極夏彦 分冊文庫版 邪魅《じゃみ》の雫 (上)(中)(下)
京極夏彦 分冊文庫版 ルー＝ガルー〈忌避すべき狼〉(上)(下)
京極夏彦 分冊文庫版 ルー＝ガルー2〈インクブス×スクブス 相容れぬ夢魔〉(上)(下)
北森 鴻 花の下にて春死なむ
北森 鴻 香菜里屋《カナリヤ》を知っていますか

北森 鴻 親不孝通りラプソディー
北村 薫 盤上の敵
北村 薫 野球の国のアリス
木内一裕 藁の楯
木内一裕 水の中の犬
木内一裕 アウト＆アウト
木内一裕 キッド
木内一裕 デッドボール
木内一裕 神様の贈り物
木内一裕 喧嘩猿
木内一裕 バードドッグ
木内一裕 不愉快犯
木内一裕 嘘ですけど、なにか？
木内一裕 ドッグレース
北山猛邦 『クロック城』殺人事件
北山猛邦 『瑠璃城』殺人事件
北山猛邦 『アリス・ミラー城』殺人事件
北山猛邦 『ギロチン城』殺人事件
北山猛邦 私たちが星座を盗んだ理由

北 康利 白洲次郎 占領を背負った男 (上)(下)
北 康利 福沢諭吉 国を支えて国を頼らず (上)(下)
貴志祐介 新世界より (上)(中)(下)
北原みのり 木嶋佳苗100日裁判傍聴記〈佐藤優対談収録完全版〉
岸本佐知子 編訳 変《ヘン》愛《アイ》小説集
岸本佐知子 編 変愛小説集 日本作家編
木原浩勝 文庫版 現世《うつしよ》怪談(一) 主人の帰り
木原浩勝 文庫版 現世怪談(二) 白刃の盾
木原浩勝 増補改訂版 もう一つの「バルス」〈―宮崎駿と『天空の城ラピュタ』の時代―〉
喜国雅彦 国樹由香 メフィストの漫画
喜国雅彦 国樹由香 本格力〈本棚探偵のミステリ・ブックガイド〉
清武英利 石つぶて〈警視庁 二課刑事の残したもの〉
清武英利 しんがり〈山一證券 最後の12人〉
清武英利 トッカイ〈不良債権特別回収部〉
喜多喜久 ビギナーズ・ラボ
黒岩重吾 新装版 古代史への旅
栗本 薫 新装版 絃《いと》の聖域
栗本 薫 新装版 ぼくらの時代
黒柳徹子 窓ぎわのトットちゃん 新組版

講談社文庫　目録

講談社文庫　目録

2020年12月15日現在